E. Heidecke

Über den Schnabelwulst des jugendlichen Sperlings

E. Heidecke

Über den Schnabelwulst des jugendlichen Sperlings

ISBN/EAN: 9783743381643

Hergestellt in Europa, USA, Kanada, Australien, Japan

Cover: Foto ©Andreas Hilbeck / pixelio.de

Manufactured and distributed by brebook publishing software
(www.brebook.com)

E. Heidecke

Über den Schnabelwulst des jugendlichen Sperlings

Ueber den Schnabelwulst
des jugendlichen Sperlings.

Inaugural-Dissertation

zur

Erlangung der Doktorwürde

der

Hohen philosophischen Fakultät

der

Universität Leipzig

vorgelegt von

Ernst Heidecke

appr. Zahnarzt

aus Breitenworbis.

LEIPZIG

1897.

Meiner lieben Mutter

in Dankbarkeit gewidmet.

Am Schnabel des jungen Sperlings findet sich eine eigentümliche wulstige Erhebung, welche auf den ersten Blick durch ihre lebhafte gelbe Färbung und ihr starkes Vorspringen über die Oberfläche des sonst dunkel gefärbten Schnabels ins Auge fällt.

Der Schnabelwulst, wie ich diese eigentümliche Bildung nennen möchte, beginnt am ersten Drittel des Oberschnabels, ersteckt sich von hier bis zum Schnabelwinkel, den er in Besitz nimmt, um hier ohne Unterbrechung auf den Unterschnabel überzugehen, dessen Rand er ebenfalls bis zum vorderen Drittel überzieht. Die Erhebung über die sonst gewöhnliche Form des Schnabels ist so stark, dass sie in der Zeit ihrer höchsten Entwickelung (ungefähr in der Mitte der postembryonalen Entwickelungszeit) mehr als 1½ mm beträgt.

Die ersten Anfänge der Entwickelung des Schnabelwulstes fallen in das erste Drittel der embryonalen Zeit, die beim Sperling 14—15 Tage in Anspruch nimmt. Vor Ablauf dieses Stadiums ist der Schnabelwulst an beiden Seiten des Schnabels schon makroskopisch sichtbar. Er entwickelt sich zugleich mit dem Schnabel bis er in der Mitte der postembryonalen Periode seinen grössten Umfang erreicht hat. Von dieser Zeit an geht der Schnabelwulst seiner Rückbildung entgegen, und man sucht ihm am vollständig erwachsenen Vogel vergeblich. Nur am Schnabelwinkel, wo Ober- und Unterschnabel in einander übergehen und beweglich mit einander verbunden sind, auch erst spät Verhornung eintritt, finden sich noch längere Zeit hindurch die letzten Reste des vorher so ausgebildeten Organes.

Gleichwohl hat der Schnabelwulst für den jungen Sperling eine grosse Bedeutung, wie die nähere Betrachtung zeigen wird.

Das Grundgewebe des Schnabelwulstes wird durch faseriges Bindegewebe gebildet. In den Zwischenräumen der starken Bindegewebszüge, die sich oft durchkreuzen, liegt eine grosse Anzahl heller, blasiger Zellen.

Daneben wird das Geflecht der Bindegewebsfasern von zahlreichen Kapillargefässen durchzogen, die unter sich ein dichtes Netz bilden. Dazwischen eingestreut liegen Nervenfasern mit Endkörperchen. (Figur 1.

Im Verlauf der Entwickelung des Vogels verdichtet sich die Fasermasse des Bindegewebes immer mehr und bringt gleichzeitig die Blutgefässe und Nerven mit sammt ihren Endigungen zum Schwinden. Am Schnabel des vollständig ausgewachsenen Vogels findet sich auch mikroskopisch kaum noch ein Rest des vorher so komplicierten Organes.

Als ich auf den Vorschlag des Herrn Geh. Rat Leuckart diesen Schnabelwulst des jungen Sperlings zu untersuchen begann, kam mir zunächst der Gedanke, dass diese eigentümliche Bildung vielleicht in Beziehung zu der Zahnbildung längst vergangener Vorfahren unserer heutigen Vögel stehen könne.

In dieser meiner Ansicht wurde ich durch das Studium der Arbeiten von Marsh, Et. Geoffr. St. Hilaire, Blanchard, Röse und Albertina Carlsson unterstützt.

Dass die fossilen Vögel regelrecht ausgebildete Zähne besassen, ist ja eine bekannte Thatsache. So wurden besonders bei Hesperornis und Ichthyornis von Marsh wirkliche Zähne gefunden, welche lebhaft an die der Reptilien erinnerten. Ja, bei Hesperornis war das Zahnsystem so weit entwickelt, dass sogar ein Zahnwechsel stattfand, der dem mancher Reptilien ähnlich war. Auch beim Archaeopteryx fand Marsh [1] wirkliche Zähne im Praemaxillare auf. Aehnliche Funde wurden von Owen [2] im eocänen Lehm bei London gemacht, nur waren die hier gefundenen Vögel anderer Art als die erst erwähnten.

Diese Entdeckungen legten den Gedanken nahe, unsere heutigen Vögel auch auf zahnartige Bildungen oder doch wenigstens deren Anlagen hin zu untersuchen.

Schon im Jahre 1821 hatte Et. Geoffr. St. Hilaire bei

[1] Kosmos 9. p. 157 (Marsh 18880 Odontornithes).
[2] Kosmos 10 p. 231.

zwei Embryonen von Palaeornis torquatus Papillen gefunden, die er für Zahnsäckchen ansah und den Zahnanlagen anderer Tiere für homolog hielt. Cuvier sprach sich über die Umwandlung dieser Zahnkeime dahin aus, dass die Hornschicht des Schnabels sich in derselben Weise über diese vaskulären Papillen ausbreitet wie der Schmelz über die Zähne der Säugetiere.

Erst im Jahre 1860, wurden diese Angaben wieder geprüft und zwar von Blanchard[*]), der nun auch Dentin in diesen Vögelzähnen nachzuweisen versuchte. Er schreibt über seine Untersuchungen:

„Ayant eu l'occasion de me livrer à l'étude de deux espèces de Kakaotës (Cacatua rosea et C. philippinarum) sur des individus qui n'étaient pas encore tout à fait parvenus à l'état adulte, il me fut impossible de conserver aucun doute sur la présence de dents rudimentaires chez certains oiseaux, de dents enchâssées dans les os maxillaires . . .

En soumettant quelques unes de ces dents de Kakatoës avec une petite portion de l'os maxillaire à l'examen microscopique sous des grossissements de 300 à 350 diamètres, on reconnaît sans hésitation la structure de l'os avec ses corpuscules et celle de la substance qui constitue essentiellement les dents, la dentine avec ses canalicules parallèles ou un peu divergents . . . .

Il se forme chez certains oiseaux notamment chez les Perroquets (Palaeornis torquatus) un véritable système dentaire présentant par la structure et par l'enchâssement dans les os maxillaires les caractères ordinaires de dents."

Es giebt also nach Blanchard bei gewissen Vögeln, besonders bei Papageien, ein wirkliches Zahnsystem, das sowohl durch seine äussere Struktur wie durch „Eingekeiltsein" (l'enchâssement) die gewöhnlichen Charaktere der Zähne erkennen lässt, wenn es auch nur auf das jugendliche Alter beschränkt bleibt:

„Ce système d'abord constitué regulièrement, se déforme par le progrès de l'âge et disparaît tout à fait à une époque plus ou moins avancée de la vie de l'animal par suite du développement de l'os qui finit par le recouvrir en totalité."

---

*) Blanchard cf. Comptes rendus 1860 p. 540.

Gegen diese Ansicht wendet sich Fraisse [1] 1881 ganz energisch. Er sagt:

„Papillen sind allerdings in den Hornschnäbeln der Papageien vielfach vorhanden, sie sind sehr gefässreich und werden von einer Schicht eigentümlich umgewandelter Horn-zellen bekleidet, die Blanchard wahrscheinlich für Dentin gehalten hat, da man auf mikroskopischen Schnitten ein letzterem sehr ähnliches Bild erhält.

Von Zähnen kann nur dann die Rede sein, wenn man die Hornzähne mit in den Vergleich zieht. Echte Zähne sind bei den (heutigen) Vögeln nicht vorhanden. Ob eine erste Anlage derselben Anstoss zur Bildung der Horn-zähne gegeben hat, ist sehr zweifelhaft, da wahrscheinlich die Hornzähne als sekundäre Bildungen zu betrachten sind."

An anderer Stelle sagt Fraisse [5], dass die Zahnpapillen (der Hornzähne) so mit dem Knochen zusammenhängen, dass sie anscheinend am Grunde ganz von demselben umfasst werden: es sind also kleine Alveolen vorhanden, und deshalb sagt Blanchard nicht zuviel, wenn er von „eingekeilten Papillen" spricht.

Aber von wirklichen Zähnen kann trotzdem keine Rede sein.

1892 fand Röse [6] bei jungen Embryonen von Sterna Wilsoni eine Zahnleiste, welche aber später an dem Ver-hornungsprozess der übrigen Kieferschleimhaut teilnimmt. Eine Umwachsung von Zahnpapillen durch diese Epithelein-senkung findet bei Sterna W. nicht statt. Auch ist Röse der Ansicht, dass dies bei keinem anderen heutigen Vogel geschehe.

1896 veröffentlichte Albertina Carlsson, [7] dass sie bei Embryonen von Sterna hirundo in dem lateralen Teile des Oberschnabels an der Spitze desselben eine Ektodermleiste gefunden habe, die jedoch über das Epithel nicht hervor-rage. Embryonen von 10—37 mm Länge zeigten diese Leiste auf der Höhe ihrer Entwickelung. Mit dem Beginn der Verhornung der Mundschleimhaut tritt aber eine Rück-

---

[1] Fraisse: Sitzungsberichte der naturforsch. Gesellsch. zu Leipzig 1881. p. 16.
[2] Fraisse: Vortrag in der phys.-med. Gesellschaft. Würzburg. December 1879.
[6] Röse cf. Anat. Anzeiger 1892. p. 748.
[7] Albertina Carlsson cf. Anatomischer Anzeiger 1896. p. 72.

bildung der Ektodermleiste ein. Ebenso fand A. Carlsson die Verhältnisse im Unterschnabel.

Beim Sperling gelang es mir trotz sorgfältiger Untersuchung an keinem der mir zur Verfügung stehenden Embryonen, auch nur eine Spur einer Zahnanlage in dem Schnabelwulste nachzuweisen. Wohl aber fand ich bei diesen Untersuchungen höchst eigentümlicher Weise zahlreiche Gebilde in der bindegewebigen Grundsubstanz des Schnabelwulstes, welche lebhaft an Tastkörperchen, die Endigungen der sensiblen Nerven in zellenartigen Organen, erinnerten, wie solche in letzter Zeit mehrfach in den Schnabelhäuten der Schwimmvögel gefunden worden sind.

Eine daraufhin vorgenommene Freilegung des Nervus trigeminus ergab weiter, dass ein Paar starke Zweige des zweiten Astes des fünften Hirnnerven sich in den Schnabelwulst einsenkten. Die feinere Verästelung dieser Nervenstränge konnte ich freilich makroskopisch nicht nachweisen. Der erste Ast des N. trigeminus beteiligt sich, soweit ich das feststellen konnte, nicht an der Innervation des Schnabelwulstes; er verläuft vielmehr ziemlich nahe der Medianlinie des Oberschnabels nach der Spitze desselben hin, wo er sich auflöst. Ob der dritte Ast, dessen Hauptteil nach der Spitze des Unterschnabels hinzieht, einige kleine Aestchen in den Schnabelwulst entsendet, konnte ich nicht sicher beobachten, doch möchte ich es durchaus nicht als unwahrscheinlich hinstellen.

Die mikroskopische Untersuchung ergab eine volle Bestätigung der durch die Ergebnisse der Präparation des N. trigeminus geweckten Erwartungen.

Behandlung des Materials.

Die mir zur Verfügung stehenden Exemplare des Passer domesticus umfassten alle Stadien der Entwickelung von den ersten sichtbaren Anlagen des Schnabels an bis zum ausgewachsenen Vogel. Freilich war die Reihe des Materials nicht so vollständig, dass jeder Tag der Entwickelung vertreten gewesen wäre.

Die Vögel wurden nämlich den Nestern im Freien lebender Sperlinge entnommen, und blieb es daher dem Zufall überlassen, wie alt die Jungen waren, die in meine

Hand kamen. Aus demselben Grunde ist es mir nicht möglich gewesen, das Alter der untersuchten Vögel genau zu bestimmen.

Die Fixierung des lebenswarmen Materials geschah in

    1000 ccm gesättigter Sublimatlösung
    500 ccm $50^0/_0$ Alkohol
    5 ccm Acid. acet. glac.

und nachheriger Ueberführung in allmählig verstärktem Alkohol.

Teilweise behandelte ich das Material auch nach der Golgischen Silberimprägnationsvorschrift.

Die Färbung wurde an dem geschnittenen Material mit Hämatoxylin vorgenommen.

Die mit verschiedenartig gelöstem Karmin versuchte Färbung ergab nicht genügende Resultate. Ebenso konnte ich mit der Methylenblaufärbung an dem fixierten Material im Gegensatz zu anderen Beobachtern, die durch die Färbung von frischen Objekten mittels Methylenblau gute Resultate erzielten, nur Ungenügendes erreichen.

Ausserdem wandte ich Vergoldung und Behandlung mit Osmiumsäure an.

Die Vergoldung nach Stöhr[*]) geschah in der Weise, dass ich in einem Reagenzgläschen 8 ccm einer $1^0/_0$ Goldchloridlösung mit 2 ccm Ameisensäure gemischt bis zum Sieden erhitzte und die Flüssigkeit dreimal aufwallen liess. In die wieder erkaltete Mischung wurde der in mehrere Teile zerlegte Schnabel eingelegt und eine Stunde lang im Dunkeln darin belassen. Darauf wurden die Stückchen in destilliertem Wasser abgewaschen und in einer Mischung von 10 ccm Ameisensäure und 40 ccm destilliertem Wasser der Einwirkung des Lichtes ausgesetzt. Die Reduktion erfolgte innerhalb eines Tages, die Stückchen wurden dabei aussen dunkelviolett. Dann wurden die Teile wieder abgewaschen und in allmählich verstärkten Alkohol übergeführt. Dort wurden sie zur Verhinderung weiterer Reduktion im Dunkeln 8 Tage belassen, und darauf nach üblicher Vorbereitung in Paraffin eingebettet und in feine Schnitte zerlegt.

Eine zweite von Carrière (B. 53) angegebene Goldfärbungsmethode (nach Böhm) wandte ich ebenfalls an:

---

[*]) Stöhr: Lehrbuch der Histologie und der mikrosk. Anat. des Menschen. Jena 1892. p. 21.

Dabei wurden die Präparate ungefähr 20 Minuten in Ameisensäure gebracht, bis sie ganz durchscheinend waren, dann in destilliertem Wasser kurz abgespült und auf 20 Minuten in eine 1 %₀ Goldchloridlösung gelegt. Hierauf wurden die Objekte, die natürlich vorher fixiert sein müssen, wieder in Destilliertem Wasser abgespült und in die Prichardsche Lösung:

1 %₀ Amylalkohol
1 %₀ Ameisensäure
98 %₀ dest. Wasser

übertragen. In dieser verblieben sie etwa 16 Stunden im Dunkeln. Darauf wurden die Stücke in destilliertem Wasser abgewaschen und in üblicher Weise durch Alkohol u. s. w. geführt bis zur Einbettung in Paraffin.

Von Wichtigkeit ist es hier für Erlangung guter Reaktionen, dass wenig Goldchlorid (Carrière nahm für eine ganze Anzahl Stücke nur ungefähr 10 ccm der Lösung), dagegen sehr viel Prichardsche Lösung verwandt wird.

Die Mitfärbung anderer Gewebe wurde durch Eintauchen in ¹⁄₄ %₀ Cyankaliumlösung in kurzer Zeit entfernt.

Die Silberimprägnation nach Golgi nahm ich in folgender Weise vor:

Die lebensfrischen Köpfe der Sperlinge wurden in die Fixierungsflüssigkeit nach Ramon y Cayal:

Kalibichromat 3,0 ccm
1 %/₀ Osmiumsäure 25,0 ccm
dest. Wasser 100,0 ccm

gelegt und aus diesem Härtungsgemisch direkt in 0,75 %/₀ Höllensteinlösung übergeführt, woselbst sie 2 3 Tage verblieben. Darauf wurden die Präparate in allmählig verstärkten Alkohol gebracht und in 96 %₀ Alkohol bis zur definitiven Verarbeitung aufbewahrt. Sie wurden dann in der bekannten Weise in Paraffin eingebettet und recht dünn geschnitten, vom Paraffin befreit und nach Behandlung mit absolutem Alkohol in Terpentinöl oder Kreosot getaucht. Darauf wurden die Schnitte in Hydrobromsäure (10 %₀ Lösung) übergeführt und dort belassen bis das Aussehen der Schnitte ganz hell wurde. Darauf wurden sie gut ausgewässert und dann in üblicher Weise mit Hämatoxylin nachgefärbt. Schliesslich wurden sie mit allmählig verstärktem Alkohol und Benzol behandelt und mit einem Deckgläschen bedeckt.

Die so behandelten Objekte ergaben sehr brauchbare Bilder.

Ausserdem behandelte ich noch Präparate mit Osmium-säure in folgender Weise:

Die zerschnittenen Schnäbel wurden in Ameisensäure gelegt bis sie durchsichtig waren. Darauf legte ich sie in 1°/₀ Osmiumsäure bis sie äuserlich braun gefärbt erschienen (nach ungefähr 2 Stunden trat dies ein) und spülte sie hierauf 24 Stunden in Wasser ab. Daran schloss sich die Ueberführung durch allmählig verstärkten Alkohol und Benzol-Alkohol bis zur Einbettung in Paraffin.

Ausserdem empfiehlt Seymonowicz (B. 57) noch eine Färbung mit Methylenblau, mit der ich jedoch keine guten Erfolge hatte, vielleicht weil meine Präparate schon ziemlich lange in Alkohol lagen, als ich die Methode anwandte.

Die Fixierung des Materials soll nach Seymonowicz überhaupt besser in Müllerscher Flüssigkeit. 1°/₀ Osmium-säure, Mischung von

gesättigter Sublimatlösung 12 Teile

2°/₆ Osmiumsäure 2 „

oder Pikrin-Sublimat-Eisessig geschehen.

Der Behandlung der postembryonalen Stadien muss eine Entkalkung der Schnäbel vorangehen, da man nur, wenn man das nicht versäumt, die Schnitte so dünn wie zur Untersuchung nötig herzustellen vermag.

Ich bediente mich zur Entkalkung des vorher fixierten Materials einer 12—15°/₀ Salpetersäurelösung in destilliertem Wasser. Durch diese Flüssigkeit wurde die Entkalkung der Schnäbel in wenigen Tagen erreicht. Natürlich musste die Flüssigkeit mehrere Male erneuert werden.

Die an den so vorbereiteten Präparaten vorgenommene mikroskopische Untersuchung ergab, dass der Schnabel-wulst des jungen Passer domesticus hauptsächlich aus faserigem Bindegewebe besteht, welches umhüllt wird von der Epidermis, und dessen Fasern sich gegen das Bindegewebe der angrenzenden Schnabelteile, wie aus Figur 1 ersichtlich, scharf abgrenzt. Zwischen den Fasern des Grundgewebes des Schnabelwulstes liegen, wie schon oben erwähnt, zahlreiche helle Zellen, Blutgefässe und Nerven-äste. Die Blutgefässe lösen sich in ein ziemlich dichtes Kapillarnetz auf, die Nervenäste endigen in zahlreichen

Endkörperchen, deren ich zwei verschiedene Formen feststellen konnte:
Vatersche Körperchen und mehrzellige Nervenendkörperchen, die man vielleicht der Gruppe der Grandryschen
Körperchen einreihen könnte.

Vatersche Körperchen.

Die Vaterschen Körperchen werden bekanntlich auch
Pacinische oder Herbstsche Körperchen genannt. Ich ziehe
jedoch die Bezeichnung nach ihrem ersten Endecker vor und
werde daher im Folgenden nur des ersteren Namens mich
bedienen.

Krause⁹) will zwar in Rücksicht auf an und für sich
geringe äusserliche Abweichungen von der Grundform der
Nervenendkörperchen eine ganze Anzahl besonderer Bezeichnungen einführen, doch wollen mir seine Gründe für
Einführung von Sonderbezeichnungen für die nur sehr wenig
und in unwesentlichen Teilen von einander abweichenden
Körperchen nicht genügend erscheinen, eine das Verständnis
so sehr erschwerende Nomenklatur (Krause unterscheidet
13 verschiedene Formen und Bezeichnungen der Nervenendigungen) zu rechtfertigen. Ich bleibe also bei der oben
angegebenen Benennung der jetzt näher zu betrachtenden
Nervenendkörperchen.

Historisches.

Zuerst aufgefunden wurden die Vaterschen Körperchen
bekanntlich 1741 ¹⁰). Fast hundert Jahre später 1836 fand
sie auch Pacini ¹¹), doch erkannten beide die Beziehung
der Körperchen zum Nerven nicht so vollständig, wie es
später festgestellt wurde. Aehnlich erging es einer ganzen
Anzahl weiterer Beobachter, von denen ich hier nur nament-
lich aufführen will: Andral ¹²) 1837 und Lacauchie ¹³) 1843.
Erst Henle und Kölliker ¹⁴) begründeten in ihrem 1844

⁹) Krause cf. Archiv für mikrosk. Anatomie. Bd. 19. 1881. p. 53.
¹⁰) Vater: Diss. de consensu corp. hum. Virtembergae 1741.
¹¹) Pacini cf. Nuovo Giorn. dei Literati. Tom. 32. Pisa 1836.
¹²) Andral cf. Observ. et propositions d'anat. et chirurgie et de
médecine. 1837 p. 9.
¹³) Lacauchie cf. Comptes rendus. 1843.
¹⁴) Henle und Kölliker: Ueber die Pacinischen Körp. an den
Nerven des Menschen und der Säugetiere. Zürich 1844.

14 - -

herausgegebenen Werke unsere heutige Kenntnis dieser Nervenendigungen. Nach ihrer Beschreibung endigt die Nervenfaser des Körperchens entweder geteilt oder ungeteilt mit einer Anschwellung von verschiedener Form und Grösse „die jedoch keine Ganglienzelle ist."

In den folgenden Arbeiten von Mayer [15] und Reichert [16] ist hauptsächlich von der Kapsel und ihrer Zusammensetzung die Rede. Todd and Bowman [17] lassen den Nerven einfach oder in zwei bis drei Aeste geteilt in knopfförmigen Anschwellungen ohne Kerne endigen.

Pappenheim [18] hat den Nerven oft in Schlingen gesehen. Bidder [19] und Strahl [20] beschäftigen sich hauptsächlich mit der knopfförmigen Endanschwellung.

Im Jahre 1848 entdeckte Herbst [21] die Vaterschen Körperchen der Vögel mit einem Nerven, der in ein knopfförmiges Gebilde auslief, wie Herbst es auch vom Menschen nachwies. Diese knopfförmige Anschwellung liegt „manchmal in einer Ausbuchtung der inneren Kapsel, ohne jedoch mit ihr in irgendwelche Beziehung zu treten."

Will [22] fand eine knopfförmige Endigung der Nerven weder bei Säugetieren noch bei Vögeln. Hassall [23] hingegen erwähnt wieder eine kleine Erweiterung der Nervenfaser.

Leydig [24] untersuchte die Körperchen bei den Vögeln Er behauptet, dass der Axencylinder hohl sei. Nach Huxley [25]

---

[15] C. J. Mayer: die Pac. Körperchen an den Nerven des Menschen und der Säugetiere. Zürich 1844.

[16] Reichert: Bemerkungen zur vergleich. Naturforschung im Allgem. und vergl. Betracht. über das Bindegewebe und die verwandten Gebilde. Dorpat 1845.

[17] Todd und Bowman: The Physiological Anat. und Physiol. of man. Vol. I. 1845.

[18] Pappenheim cf. Comptes rendus 1846.

[19] Bidder: Zur Lehre von dem Verhältniss der Ganglienkörper zu den Nervenfasern. Leipzig 1847.

[20] Strahl cf. Archiv für Anat., Physiol., und wissenschaftl. Medicin. 1848.

[21] Herbst: die Pac. Körper und ihre Bedeutung. Göttingen 1848.

[22] Will cf. Sitzungsber. d. K. Akademie der Wissensch. zu Wien 1850. Bd. 4.

[23] Hassall: Mikrosk. Anat des menschl. Körp. in gesund. und krank. Zustande. Leipzig 1852.

[24] Leydig cf. Zeitschr. für wissensch. Zoologie Bd. 5. 1854.

[25] Huxley cf. Quarterly Journal of microsc. Science Vol. II. 1854

verläuft der Nerv inmitten eines soliden Stranges und
endigt nach und nach in der Substanz des letzteren.
Leydig [26] wendet 1857 seine Auffassung auch auf die
Vaterschen Körperchen der Säugetiere an. Die wahre
Endigung des Nerven, so sagt er, sei der solide, mit einem
feinen Kanal versehene Centralstrang. Keferstein [27] scheint
den ganzen Innenkolben als Terminalfaser aufgefasst zu
haben und behauptet von dieser, dass sie sich manchmal
gabelig teile und in einem Knopfe endige, von welchem
sehr feine Ausläufer ausgingen. In diesem Knopfe befinde
sich sehr konstant ein dunkler Raum. Nach Virchow [28]
endigt der Axencylinder einfach, oder, was öfters vor-
kommt, mit kleinen kolbigen Anschwellungen. W. Krause [29]
nimmt ähnlich wie Leydig die Nervenfaser, die im Innenkolben verläuft, als eine mit einer halbflüssigen, homogenen
Masse erfüllte Röhre an, in welcher Fett und Albumin
enthalten sei und lässt sie mit einer knopfförmigen Anschwellung aufhören. Jacubowitsch [30] glaubt, dass der
nackte Axencylinder mit einer oder mehreren Nervenzellen
endige. Engelmann [31] betrachtet den Innenkolben als eine
Fortsetzung der Markscheide, in deren Innerem der Axencylinder verläuft und in einen Knopf oder eine Verdickung
ausgeht. Hoyer [32] giebt an, dass er den Nerven stets mit
einer knopfförmigen Anschwellung aufhören sah, in welcher
hier und da Etwas wie ein Hohlraum zu sehen war.

Ciaccio [33] sah, dass sich die Nervenfaser stets am
Ende des Innenkolbens teilte, und jeder Zweig in einer
„Ganglienzelle" endigte, in deren Hülle die Schwannsche
Scheide überging, und in deren Protoplasma sich der
Axencylinder verlor.

[26]) Leydig: Lehrbuch d. vgl. Histologie 1857.

[27]) Keferstein cf. Nachrichten von der G. A. Universität und der
Kgl. Gesellschaft der Wissensch. zu Göttingen. 1858. Nr. 8.

[28]) Virchow: Die Cellularpathologie. Berlin 1858.

[29]) W. Krause: Die terminalen Körperchen 1860.

[30]) Jacubowitsch cf. Comptes rendus. 1860.

[31]) Engelmann cf. Zeitschrift für wissenschaftl. Zoologie Bd.
13. 1863.

[32]) Hoyer cf. a) Archiv für Anat. Physiol. und wissenschftl. Med.
1864. b) Lehrbuch der Anat. d. Menschen 1875.

[33]) Ciaccio cf. Centralblat für die med. Wissenschaften. 1864 Nr. 26.

Paladino[34]) beschreibt die Vaterschen Körperchen des Menschen als von einem reichen Netz von Nervenfasern durchzogen. Die Fasern sollen in den interkapsulären Räumen mit besonderen Nervenzellen endigen. Bei der Katze hat er jedoch dies Netz nicht gefunden. Nach Beale[35] teilt sich eine Spitze der Terminalfaser in mehrere Zweige, die in Form granulierter Fasern durch die Lamellen der Kapsel nach unten verlaufen, und die in Verbindung mit vielen Zellen zu stehen scheinen. Bruch[36]) findet in den Vaterschen Körperchen aus dem Mesenterium der Katze oft blasse, mit Kernen versehene Fasern, die die Fortsetzung der Terminalfaser seien. Sie treten nach seiner Meinung durch die Kapsel nach aussen hervor und verlieren sich in dem ungebundenen Bindegewebe. Leydig[37]) untersuchte die Vaterschen Körperchen im Schnabel der Schnepfe und sah zwei deutlich ausgesprochene Längsreihen von „kernähnlichen Gebilden" an dem Innenkolben herabziehen. Die Kerne hatten von aussen die Form von dunklen viereckigen Teilchen, eines vom andern durch einen engen Hohlraum geschieden. Der „Axenkanal" des Kolbens zeigt sich nach Leydigs Ansicht im Stiel des Kolbens mit vollkommener Klarheit. Doch konnte er im Bereich der viereckigen Körperchen den „Axenkanal" nicht wahrnehmen.

Michelson[38]) lässt den Nerv in einer birnförmigen Anschwellung endigen, diekeine Ganglienzelle sei. Nach Grandry[39]) teilt sich das Ende der Terminalfaser in eine grosse Anzahl feiner Fibrillen, die alle in einer runden, granulierten Masse endigen. Goujon[40]) untersuchte die Körperchen des Papageienschnabels und fand, dass die Terminalfaser derselben in ein abgeplattetes erweitertes Ende übergehe, oder einfach abgerundet aufhöre. Nach Nepveu[41]) ist die Endan-

---

[34]) Paladino cf. Rendic. della R. Acad. delle Science fisiche e matem. di Napoli 1886.

[35]) Beale cf. The Medical Times and Gazette 1867. Vol. I.

[36]) Bruch: Untersuchungen über die Entwick. d. Gewebe bei den warmblütigen Tieren. (Senkenburger Gesellschaft 1868 Bd. 4 und 6).

[37]) Leydig cf. Archiv f. mikroskop. Anat. 1868 Bd. 4. p. 995.

[38]) Michelson cf. Archiv f. mikrosk. Anatomie 1869. Bd. 5.

[39]) Grandry cf. Journal de l'anat. et de la physiol. norm et path. p. Robin 1869.

[40]) Goujon cf. Journal de l'anat. et de la physiol. norm. et path. 1869.

[41]) Nepveu: Nach Krauses allgem. und mikroskop. Anatomie citiert.

schwellung eine Terminalganglienzelle. Ihlder[12]) nimmt an, dass die Terminalfaser die Fortsetzung der ganzen Nervenfaser und nicht nur des Axencylinders sei. Er hält sie für hohl und abgeplattet und lässt sie in einer nicht immer deutlich erkennbaren Ganglienzelle endigen. In einer zweiten sehr ausführlichen Arbeit vertritt Ciaccio[13]) seine frühere Ansicht; die Ganglienzelle soll denjenigen des Kleinhirns sehr ähnlich sein. In ihren Kern sah er manchmal einige Fasern des Axencylinders eintreten und dort endigen. Key und Retzius[14]) geben an, dass sich die Terminalfasern gewöhnlich in verschiedene Fibrillen teilen, die einen sehr mannigfaltigen Verlauf haben; stets endigt jedoch der Nerv entweder geteilt oder ungeteilt in sogenannten „Endknospen", die aus einer granulierten glänzenden Masse bestehen, und deren Oberfläche sehr oft höckerig ist. In diese Masse senkt sich die Terminalfaser ein, deren Fibrillen im Augenblick des Eintretens ein wenig auseinander weichen. In vielen dieser Knospen sieht man eine Einteilung in rundliche, dicht zusammen liegende Particen, in welchen jede einzelne Fibrille ihr Ende findet. A. Budge[15]) fand um die Terminalfaser herum zahlreiche Zellen, die durch ihre Form und Grösse leicht von den im Innenkolben vorhandenen bindegewebigen Gebilden zu unterscheiden sind. Der Nerv schwillt an seinem Ende etwas an, was durch ein auseinanderweichen der Fibrillen verursacht wird. Letztere „gehen nun die schon erwähnten Zellen herum, legen sich wieder aneinander und verzweigen sich von Neuem."

Es entsteht somit ein Netzwerk, welches mehr oder weniger vollständig die Zellen in sich aufnimmt. Nach Przewoski[16]) endigt der Nerv beim Menschen mit einer kolbenförmigen Verdickung. Schäfer[17]) sah die Terminalfaser mit einer homogenen oder granulierten Verbreiterung

---

[12]). Ihlder cf. Archiv f. Anatomie, Physiol. und wissensch. Medicin 1870.

[13]) Ciaccio cf. Memoire della R. Acad. delle Science di Torino Ser. II.

[14]) Key und Retzius cf. Archiv f. mikr. Anat. Bd. 9. 1873.

[15]) A. Budge cf. Centralblatt für die med. Wissensch. 1873.

[16]) Przewoski cf. Archiv für path. Anat. und Physiol. und für klinische Medicin. Bd. 63. 1875.

[17]) Schäfer cf. Quarterly Journal of microscop. Science. New Series. Nr. 58. 1875.

von sehr verschiedener Grösse endigen. Wenn sie granuliert war, sah er die Fibrillen des Axencylinders sich in der Substanz ausbreiten. War dieselbe sehr gross, unterschied er in ihr einen hellen Kern mit Kernkörperchen. Arndt [18] fand bei der Katze nie den nackten Axencylinder in einem knopfförmigen Gebilde endigen. Derselbe hörte abgerundet auf oder spitzte sich zu und verlor sich dann in der molekulären Masse des Innenkolbens.

Später gaben Key und Retzius [19] ein ausführliches Werk über die Nervenendigungen heraus und beschrieben darin, das die Terminalfaser beim Menschen geteilt oder ungeteilt in einer Endknospe von mannigfacher Gestalt, Lage und Form endigt. Dieselbe ist rund, birnförmig, pilzartig u. s. w. und besteht aus einer granulierten höckerigen Masse. Diese Unebenheiten schienen durch eine globuläre Zusammensetzung der Masse bedingt zu sein. In diesen globuli sollen die Fibrillen des Axencylinders einzeln endigen. Bei den Vögeln fanden sie die Vaterschen Körperchen in sehr verschiedenen, (hauptsächlich 3) Formen vor. Im Wesentlichen bestanden die Körperchen aus einer verhältnismässig dünnen Kapsel, einer inneren breiten körnigen Partie und einem in der Axe des Körperchens verlaufenden Strange. Die körnige Partie der Kapsel liess ein System von quergeschnittenen Fasern erkennen, welche das Körperchen umfassten und sich unter schiefen Winkeln kreuzten. Durch Einwirkung von Essigsäure, Holzessig und Goldchlorid flossen die Fasern zu einer fast homogenen Masse zusammen.

Jzquierdo [50] untersuchte die Vaterschen Körperchen der Katze. Er fand die verschieden dicke Terminalfaser in Form eines Bandes, welches gegen das Ende zu sich verjüngte, gelegentlich aber auch gleich dick blieb. Eine Teilung im Innenkolben konnte er bei der Katze nicht beobachten. Die Terminalfaser sah er von einer glänzenden Hülle mit cirkumscripten Verdickungen umgeben, von der er als wahrscheinlich annimmt, dass sie eine Fortsetzung der

[18]) Arndt cf. Archiv für pathol. Anatomie. Bd. 65. 1875.
[19]) Key und Retzius: Studien in der Anatomie des Nervensystems und des Bindegewebes. 2. Hälfte. 1. Abt. 1876.
[50]) Jzquierdo: Beiträge zur Kenntnis der Endigung der sensiblen Nerven. Diss. Strassburg 1879.

Markscheide sei. Die Endigung der Terminalfaser fand
er in einer Anschwellung oder in einer freien Spitze.
Merkel [51]) beschreibt die Vaterschen Körperchen der
Vögel sehr eingehend gestützt auf die Angaben von Key
und Retzius. Er spricht hauptsächlich vom Innenkolben.
Er sah an den beiden Kernreihen des Innenkolbens der
Papageien und der Schnepfe, die er hier besonders dicht und
regelmässig fand, oft dunkle schattenartige Querbinden,
welche die beiden Reihen mit einander verbanden und
nimmt an, dass diese Querbinden protoplasmatischer Natur
seien. Die Kernreihen waren nicht bei allen Species gleich
regelmässig geordnet, oft waren grosse Lücken in den
Reihen, oder die Reihen wurden unregelmässig (Huhn).
Häufig sah er, wie auch schon Key und Retzius ausserhalb
der Zellen des Innenkolbens noch ein vollständiges Häutchen
mit eigenen Kernen.

In der Kapsel unterschied er ein inneres und ein
äusseres Lamellensystem, welche direkt aus den Perineural-
scheiden hervorgingen. Die äussere Scheide bog beim
Beginn des Körperchens ab, um die Hülle zu bilden,
während die inneren mit dem Axencylinder in das Innere
des Körperchens eindrangen und diesen hier einhüllten.
Der freie Raum zwischen beiden Lamellensystemen wurde
durch Bindegewebsfibrillen eingenommen. Diese waren
meist in so grosser Menge vorhanden, dass sie den grössten
und am meisten ins Auge fallenden Teil des Körperchens
ausmachten. Die Bindegewebsfibrillen entwickeln sich nach
Merkels Ansicht aus den Längsfasern, welche man schon
an der Scheide der zutretenden Nerven erkennt, die ihrerseits zu den äusseren und inneren Lamellen wird.

W. Krause [52]) giebt eine Zusammenstellung der bis
dahin aufgefundenen Nervenendigungen und führt für jede
auch nur kleine Abweichung von der Grundform eine besondere Bezeichnung an; die dadurch hervorgebrachte Ver-
mehrung der Namen erschwert jedoch die Uebersicht über
das ganze Gebiet bedeutend.

Carrière [53]) untersuchte die Nervenendigungen des
Entenschnabels. An der Kapsel derselben sah er das äussere

---

[51]) Merkel: Ueber die Endigungen der sensiblen Nerven in der
Haut der Wirbeltiere. Rostock 1880.
[52]) W. Krause cf. Archiv für mikr. Anatomie Bd. 21. 1882. p. 146.
[53]) Carrière cf. Archiv f. mikrosk. Anatomie Bd. 21. 1882. p. 146.

2*

und das innere Lamellensystem ohne scharfe Grenze in einander übergehen. Den Innenkolben lässt er aus Zellen zusammengesetzt sein, die in zwei Längsreihen angeordnet einander diametral gegenüber stehen. Ihre Grenzen konnte er in Form einer Zickzacklinie (Raphe) in der Mittellinie des Innenkolbens auffinden. Ihre Kerne lagen in Anzahl und Lage den Zellen entsprechend zu beiden Seiten des Innenkolbens; nur die der beiden letzten Zellen machten eine Ausnahme, indem sie bei seitlicher Lage der übrigen Kerne auf oder unter dem Innenkolben gelegen, mit der zugehörigen Zelle also um 90^0 gedreht waren. Am Ende zeigt der Innenkolben eine Anschwellung.

Die Zellen des Innenkolbens sind nach Carrières Beschreibung halbmondförmig gestaltet und mit denen der gegenüberliegenden Seite zu Ringen vereinigt, welche den Axencylinder einhüllen. Diese Ringe schliessen eng an einander und bilden den Innenkolben, der somit eine Röhre oder einen Hohlcylinder darstellt. An dem Ende schliessen die vorher wegen ihrer besonderen Lagerung erwähnten zwei Endzellen als „Haube" den Hohlcylinder ab; das andere Ende dagegen ist offen, um den Axencylinder eintreten zu lassen. Die Anzahl der „Doppelzellen" richtet sich nach der Länge des Innenkolbens. Carrière zählte bei der Ente 7—10, bei der Gans 12—18; natürlich entsprach diesen Zahlen die Anzahl der Kerne.

Den Nerven fand unser Beobachter stets in der Längsachse des Körperchens eintreten, entsprechend dem offenen Ende des Innenkolbens.

Die Henlesche Scheide setzt sich nach Carrière unter Verlust ihrer Kerne auf den Innenkolben fort und umgiebt denselben als zarte Membram. Die Markscheide dagegen begleitet den Nerven bis zum Innenkolben und endigt vor demselben plötzlich. Ebenso ist es mit der Schwannschen Scheide, welche als dünnes, durch Alkoholbehandlung runzelig werdendes Häutchen deutlich zu verfolgen war.

Der Axencylinder wurde nach dem Eintritt in die Lamellenhülle dünner, bis er nach dem Eintritt in den Innenkolben wieder anschwoll und am Ende des Innenkolbens mit einer kugeligen Erweiterung endigte, wie das schon von Herbst([21]) beobachtet wurde. Die Endkugel des Axencylinders

erfüllt die Haube, welche wie beschrieben von den letzten
Doppelzellen des Innenkolbens gebildet wird.

Der Querschnitt eines Vaterschen Körperchens zeigte,
dass der Axencylinder im Innenkolben noch von einem
Mantel umhüllt ist, dessen Substanz Carrière jedoch nicht
ausfindig machen konnte.

In Bezug auf die Lagerung der Vaterschen Körperchen
fand Carrière, dass sie, wie schon früher öfter gesehen
und festgestellt war, mit ihrer Längsachse immer nahezu
parallel der Oberfläche der Haut liegen.

Schwalbe [54]) bringt die Texturverschiedenheiten der
Terminalkörperchen nicht in Zusammenhang mit deren
Funktion, da sie zumeist nur die umhüllenden Teile, nicht
das Wesen der Nervenendigung beträfen. Zugleich giebt
er eine Beschreibung der Vaterschen Körperchen des
Menschen, die er nach ihrem Fundorte sehr verschieden
gross fand. Die meisten messen nach seinen Angaben
2—3 mm im Längen- und 1—2 mm im Breitendurchmesser.
Aehnliche Angaben macht Kölliker [55]) über dieselben Körperchen. Dogiel [56]), der die Schnabelhaut der Gans und
Ente untersuchte, fand ausser den bekannten Verhältnissen,
dass die Endverdickung des Axencylinders aus einem
Bündelchen kurzer, zuweilen umgebogener Fäden bestehe,
zwischen welche eine gewisse Menge schwachkörniger
Substanz sich einlagere; durch die letzten werde die charak-
teristische Form der terminalen Verdickung bewirkt. Ausserdem bemerkte er, dass der Axencylinder nach seinem
Eintritt in den Innenkolben „nicht selten“ in 2—3 variköse
Aestchen zerfalle, die bis zum Ende des Kolbens verliefen
und in den beschriebenen Verdickungen endigten. Weiter
giebt er an, dass der geteilte Axencylinder in mehreren
von einander getrennten Kolben endigte.

Auch Seymonowicz [57]) giebt im Jahre 1896 in seiner
Arbeit über die Nervenendigungen im Entenschnabel eine

[54]) Schwalbe: Lehrbuch der Anatomie der Sinnesorgane. Erlangen
1887. p. 1.
[55]) Kölliker: Handbuch der Gewebelehre des Menschen. Bd. 1.
Leipzig 1889.
[56]) Dogiel cf. Archiv für Anatomie und Entwickelungsgesch.
Anat. Abt. 1891 p. 182.
[57]) Seymonowicz cf. Archiv f. mikrosk. Anatomie und Entwickelungsgeschichte 1896. Bd. 48. p. 329.

ausführliche Beschreibung der hier gefundenen Vaterschen
Körperchen. Er fand dieselben 0,160 0,180 mm lang
und 0,075 -0,095 mm breit. Der Längsdurchmesser lag
immer parallel zur Oberfläche der Haut. Die Henlesche
Scheide der eintretenden Nervenfaser lässt er in die
bindegewebige Hülle des Nervenendkörperchens sich fortsetzen, während die Markscheide an der Grenze des Innenkolbens das Myelin verlor, und die Schwammsche Scheide bis
zur Plasmahülle des Innenkolbens sich verfolgen liess. Der
Axencylinder verlief im Innenkolben geradlinig und zeigte
an seinem Ende eine Anschwellung. Um diese Endverdickung herum fand Seymonowicz 3 -5 Zellen gelagert,
auserdem noch an zwei sich gegenüber liegenden Seiten
des Innenkolbens je eine Reihe von 6 -10 Zellen. Er hält
es für wahrscheinlich, dass diese Zellen in ihrer Funktion
den später zu erwähnenden „Deckzellen" der Grandryschen
Körperchen ähnlich oder gar identisch seien.

Die Kapsel soll durchweg aus Lamellen bestehen und das
Bindegewebe der umliegenden Cutis darum eine Hülle bilden.

Obwohl die Vaterschen Körperchen mitunter in der
Nähe der Epidermis gelagert waren, fand er sie doch
meist in den tieferen Schichten des Bindegewebes.

Eigene Beobachtungen.

Die von mir im Schnabelwulst des jungen Sperlings
aufgefundenen Vaterschen Körperchen sind bedeutend
kleiner als die bisher untersuchten der Vögel. Ich fand
dieselben im Längendurchmesser durchschnittlich 0,088 mm
und im Breitendurchmesser 0,05 mm gross Seymonowicz
giebt die Grösse der Vaterschen Körperchen im Entenschnabel auf 0,160 mm und 0,07—0,095 mm an. Diese
Vaterschen Körperchen der Ente sind also fast noch einmal
so gross als die des Sperlings. Man wird es daher be-
greiflich finden, dass es mir mit den mir zur Verfügung
stehenden Vergrösserungen (Leitzsches Mikroskop: Okular
1, Objektive 4 und 7, Oelimmersionslinse [1] $_{12}$ nicht gelang,
ebenso genau in die letzten Einzelheiten des Baues der
Nervenendkörperchen einzudringen wie anderen Beobachtern
bei Gans, Ente u. s. w.

Die auffallenden Grössenunterschiede zwischen den
von mir beobachteten Vaterschen Körperchen und denen

der Säugetiere (Schwalbe[51]) giebt die Grösse derselben beim
Menschen bekanntlich auf 2—3 mm an konnte ich selbst
konstatieren, da mir durch Herrn Geh. Rat Leuckart Gelegenheit wurde, die betreffenden Gebilde aus dem Mesenterium und der Leberpforte der Katze in frischem Zustande
zu untersuchen. Dieselben hatten eine Länge von ungefähr 1 mm und waren ohne Mühe makroskopisch erkennbar. Diese Grössenunterschiede sind auch erklärlich, wenn
man berücksichtigt, dass die Körperchen nach Key und
Retzius auch bei denselben Individium oft sehr wechselnde
Dimensionen besitzen.

Die Gestalt der Vaterschen Körperchen im Schnabelwulst des Sperlings ist ziemlich regelmässig ovoid. In das
umgebende faserige Bindegewebe sind sie so eingelagert,
dass sich die Bindegewebsfasern der nächsten Umgebung
dichter an einander schliessen, als an anderen Stellen des
Grundgewebes und auf diese Weise eine kapselartige Hülle
bilden, in deren Inneres das Vatersche Körperchen sich
einbettet.

Die Grösse der Körperchen beträgt, wie schon erwähnt,
in der längeren Achse gemessen meist 0,088 mm, in der
kürzeren 0,06 mm. Auch der Querschnitt erscheint nicht
vollständig kreisrund, indem die Dicke meist um 0,01 mm
geringer ist als die Breite.

Im Längsschnitt (Figur 2) zeigt sich zunächst folgender
Bau:

Das Körperchen wird, wie schon oben gesagt, von
einer Schicht dicht zusammen gedrängter Bindegewebsfasern
eingehüllt, welche sich nach aussen hin ohne scharfe Grenzen
in die Fasern des übrigen Bindegewebes verlieren. Nach
innen zeigt diese Bindgewebshülle eine sehr feine, stark
lichtbrechende Schicht, welche sich deutlich absetzt und
bis auf die Hüllen der zutretenden Nervenfaser zu verfolgen
ist. An Präparaten, an welchen (aus unbekannter Ursache)
eine Schrumpfung des Körperchens eingetreten ist, bleibt
diese Schicht meist mit der nicht geschrumpften Hülle in
Verbindung (Figur 1, S). Mit der alsbald zu beschreibenden
eigentlichen Kapsel des Vaterschen Körperchens steht sie
in solchen Fällen durch einzelne Fasern| in Verbindung,
die an den Schrumpfungsstellen deutlich gedehnt erscheinen.
Diese Fasern stellen eine ziemlich innige Verbindung zwischen
der inneren Schicht der Bindegewebshülle und der eigent-

lichen Kapsel her. Mitunter zeigt es sich aber auch, dass die erwähnte Schicht durch die Schrumpfung von der umgebenden Bindegewebshülle, die nie mit schrumpfte, losgelöst wurde, mit der Kapsel des Körperchens, aber in festem Zusammenhange blieb (Figur 3).

An diesen Bildern erkennt man dann die faserige Verbindung der Schicht auch mit der Bindegewebshülle ganz ähnlich, wie ich sie mit der Kapsel des Körperchens feststellen konnte. Diese faserige Verbindung zwischen Bindegewebshülle und Kapsel des Körperchens lässt wohl darauf schliessen, dass die Vaterschen Körperchen ziemlich fest mit der äusseren Hülle in Verbindung stehen, und dass die innere Schicht der bindegewebigen Hülle sich wahrscheinlich gleichfalls aus Fasern zusammensetzt, obwohl ich dies direkt nachzuweisen ausser Stande war.

Auf die äussere bindegewebige Hülle folgt nun nach innen die eigentliche Kapsel des Vaterschen Körperchens. Dieselbe färbt sich nach der Silberimprägnation dunkel und zeigt dabei zahlreiche rundliche Kerne. Ihre Struktur ist lamellös, wie hauptsächlich an Anschnitten deutlich zu erkennen ist. Die Lamellenlage ist ungefähr $\frac{1}{3}$ so breit als der in der Mitte gelegene Innenkolben. An der Eintrittsstelle der Nervenfaser lässt sie sich kontinuierlich in die Hüllen derselben hinein verfolgen, sodass sie offenbar aus diesen hervorgeht. Die zahlreichen Kerne sind denen der Hülle der Nervenfaser gleich; sie haben eine rundliche oder mehr langgestreckte Gestalt. Die Abgrenzung der lamellösen Kapsel gegen die äussere Bindegewebshülle resp. deren innere Schicht, erscheint durch die Färbung scharf markiert, ist aber damit wie durch die oben beschriebene faserige Verbindung bewiesen, in Wirklichkeit nicht ohne Zusammenhang.

Die lamellöse Schichtung dieses Teiles des Vaterschen Körperchens lässt sich nicht auf den ersten Blick in wünschenswerter Klarheit erkennen, da die Lamellen ausserordentlich dünn sind. Wohl aber lässt sie sich an Schnitten nachweisen, welche das Körperchen in schräger Richtung getroffen, dasselbe also angeschnitten haben.

Nach innen folgt auf diese lamellöse Schicht eine breite helle Zone, welche bei weitem den grössten Teil des Innenraumes des Vaterschen Körperchens einnimmt. Sie bildet demnach eine Art Blase, welche nach der Eintrittsstelle der darin enthaltenen und endigenden Nervenfaser hin so weit offen ist, dass diese eben eintreten kann.

In der hellen Substanzmasse dieses Innenteiles lassen sich ziemlich spärlich verteilte Kerne erkennen, welche zwei bis drei Nucleoli enthalten. Um dieselben herum liegt eine dünne Protoplasmaschicht, die sich zipfelartig in lange Fäden auszieht und mit den fadenförmigen Ausläufern der benachbarten Zellen zu einem weitmaschigen zarten Netzwerk zusammenfliesst. Es ist offenbar, dass es sich in dieser Netzwerkmasse um eine Art weichen Bindegewebes handelt, welches schalen- oder kapselartig den Centralteil des Körperchens umgiebt.

Key und Retzius[19] beschrieben ähnliche Bildungen an den Längsschnitten Vaterscher Körperchen der Vögel, doch glaubten sie dieselben auf einen Zersetzungsprozess zurückführen zu können.

Im frischen Zustande fanden sie die helle Zone ihrer Körperchen aus einer Unzahl kleiner, dicht gedrängter glänzender Punkte zusammengesetzt, welche keinerlei bestimmte Gruppierung einhielten. (In Figur 9 der Tafel 15 geben Key und Retzius eine Abbildung eines solchen Körperchens). Die schmalen Zwischenräume zwischen diesen Punkten erschienen hell und durchsichtig. Von den Punkten gingen gegen die Achse des Körperchens hin Verlängerungen ab, deren Kontouren allmählich schwach wurden und schliesslich verschwanden. Bei genauerer Verfolgung der Ausläufer fanden Key und Retzius, dass sie Fasern darstellten, welche circulär und in schiefen Winkeln sich kreuzend um das Körperchen herumliefen.

Durch Behandlung mit Essigsäure, Holzessig oder Goldchloridlösung zerflossen diese Fasern zu einer fast homogenen Masse. Die in Figur 6 der Tafel 15 ihres Werkes gegebenen Abbildung eines so behandelten Körperchens zeigt ganz ähnliche Figuren, wie ich sie in der von mir beschriebenen Bindegewebszone auffand, besonders an denjenigen Stellen, wo auf den Schnitten das Protoplasma einer Bindegewebszelle direkt unterhalb des Kernes getroffen wurde und das Protoplasma dann ohne Kern ist. Trotzdem aber dürfte kaum eine tiefer gehende Uebereinstimmung mit dem von mir beschriebenen Verhalten vorliegen.

Die Bilder, die Key und Retzius durch Zersetzung der Fasern erhielten, zeigen eine fast homogene Inhaltsmasse, während an meinen Schnitten die Bindegewebskerne, umgeben von dem direkt in die Ausläufer sich forsetzenden Protoplasma deutlich zu erkennen sind. Wo ein Protoplasmaklümpchen mit seinen Ausläufern ohne Kern sich zeigte, war dieser auf dem Nachbarschnitte nachzuweisen. Auch das etwas rätselhafte Eindringen des Bindegewebes in die Kapsel werde ich unten zu erklären versuchen.

Die bindegewebige Inhaltsmasse umschliesst nun von allen Seiten den Centralteil des Körperchens vom Eintritt der Nervenfaser an bis zu dem dieser Stelle gegenüber liegenden Ende. An der Eintrittsstelle legt sie sich der Nervenfaser dicht an, so dass diese kaum durchtreten kann. Sie erscheint an dieser Stelle verjüngt, nach dem entgegengesetzten Teile des Körperchens zu aber wird sie schnell dicker, bis sie in dessen Nähe wieder abnimmt. Schliesslich trennt sie in einer mehr oder weniger dicken Schicht den Centralteil von dem äusseren lamellösen Kapselsystem.

Das Bindegewebe, welches die hier beschriebene Umhüllung bildet, geht aus der in der Scheide der zutretenden Nervenfaser enthaltenen Bindesubstanz hervor. Es zeigt sich nämlich an der Eintrittsstelle der Nervenfaser, dass sich die Protoplasmafäden der Innenmasse auf die Hülle der Nervenfaser fortsetzen. Bei genauerer Untersuchung erkennt man deutlich auch innerhalb der Nervenhülle Bindegewebszellen, welche mit denen der Innenmasse in Verbindung stehen. Die Hülle der Nervenfaser nimmt dieses Bindegewebe wahrscheinlich auf ihrem Wege durch das Grundgewebe des Schnabelwulstes, oder auch schon früher auf. Ich sah beim Verfolgen einer solchen Nervenfaser stets eine innige Berührung zwischen der Hülle derselben und dem umgebenden Bindegewebe, konnte jedoch eine direkte Verbindung beider, obwohl ich sie für sehr wahrscheinlich halte, nicht nachweisen.

Veranschaulicht werden diese Verhältnisse durch Figur 2, welche einen Längsschnitt durch ein Vatersches Körperchen aus dem Schnabelwulste unseres Vogels darstellt. Die Abbildung ist an der Eintrittsstelle der Nervenfaser etwas schematisch gehalten. An den natürlichen Schnitten sieht man stets noch unter dem bindegewebigen Teile der Nervenhülle zahlreiche Kerne und Lamellen der Kapsel durchschimmern, die ja auch an der Eintrittsstelle der Nervenfaser die bindegewebige Innenmasse rings um-

schliesst. Im Interesse der Deutlichkeit des Bildes habe ich
hier die lamellöse Kapsel in meiner Figur weggelassen und
nur den bindegewebigen Teil der Nervenhülle dargestellt.
Innerhalb des bindegewebigen Füllsels liegt nun der
Centralteil des Körperchens. Dieser zeigt an beiden Seiten
je eine Reihe von runden, mit Hämatoxylin sich stark
färbenden Kernen, welche, wie die Betrachtung des Querschnittes (Figur 3) zeigt, den von Carrière beschriebenen
halbkreisförmigen Zellen des Innenkolbens entsprechen.
Der untere Teil des Innenkolbens, der sich gegen die Eintrittsstelle der Nervenfaser hin verjüngt, zeigt keine Zellkerne. Hier ist also auch kein Innenkolben mehr nachzuweisen, da dieser ja in der Hauptsache nur durch die dem
Nerven aufliegenden Zellen gebildet wird. Nach dem Ende
des Körperchens hin liegt (Figur 2) ein Kern direkt unter
den Innenkolben, er entspricht einer jener Zellen, die nach
Carrière die sogenannte „Haube" bilden.

Diese „Haube" besteht aus zwei Zellen entsprechend
den bei der Betrachtung des Querschnittbildes näher zu
beleuchtenden Hüllzellen des Innenkolbens. Sie unterscheiden sich aber von den übrigen dadurch, dass sie
gegen diese um 90⁰ gedreht sind, so dass ihre Kerne, bei
seitlicher Lage der übrigen Kerne, bei der diese ziemlich
regelmässig an einander gereiht sind, auf resp. unter den
Innenkolben zu liegen kommen. Die Abbildung (Figur 2, H)
zeigt einen solchen Haubenzellenkern unterhalb des Innenkolbens. Sonst aber behalten die Haubenzellen die typischen
Eigenschaften der übrigen Hüllzellen der Nervenfaser
innerhalb des Körperchens. Besonders hervorzuheben
ist nur noch, dass die beiden Haubenzellen nicht einen
oben und unten offenen Ring, sonderen eine geschlossene
Kappe, die sogenannte „Haube" bilden, welche den Innenkolben an seinem Ende abschliesst.

Die Haube erscheint etwas dicker, als der übrige cy-
lindrische Teil des Innenkolbens. Es hängt dies damit zusammen, dass der im Inneren des Innenkolbens verlaufende
Axencylinder an seinem Ende sich faserig auflöst und so
eine kugelige Verdickung aufweist. Diese kugelige
Endigung liegt gerade im Innern der Haube und treibt
diese etwas auf.

Den Axencylinder konnte ich nicht überall deutlich im
ganzen Verlaufe verfolgen, da er (wie auch aus Figur 2 er-

sichtlich) meist von einer durch die Golgische Silberimprägnation dunkel gefärbten faserigen Schicht bedeckt war.
Diese Schicht entspricht dem bei der Betrachtung des
Querschnittes noch näher zu beschreibenden „Mantel", der
den Axencylinder innerhalb der Hüllzellen umgiebt.

An seinem Ende löst sich der Axencylinder mehr
oder weniger büschelförmig in Fasern auf. Die Fasern
ordnen sich kugelig an und geben so dem Ende des
Axencylinders ein gleichfalls kugeliges Ansehen. Im
Uebrigen verläuft der Axencylinder innerhalb des Körperchens ziemlich gestreckt als ein Strang von gleichmässiger
Dicke im Innern des Innenkolbens resp. seines Mantels.

Der Querschnitt der Vaterschen Körperchen des Schabel-
wulstes (Figur 3) misst in seinem längeren Durchmesser
0,06 mm, im kürzeren 0.05 mm. Seine Form ist also eine
nicht vollständig kreisrunde.

Am Bilde des Querschnittes wiederholen sich die Be-
standteile des Vaterschen Körperchens, wie wir sie schon
am Längsschnitte der Reihe nach betrachteten.

Zunächst liegt das quergeschnittene Vatersche Körperchen in einer Bindegewebshülle, die an ihrem inneren
Rande die uns bekannte schmale lichtbrechende Schicht
aufweist, die ausserhalb der lamellösen eigentlichen Kapsel
des Körperchens die bindegewebige Hülle nach innen abschliesst und in der oben angegebenen Weise die Verbindung beider vermittelt. Darauf folgt nach innen die
schon am Längsschnitte beschriebene lamellöse eigentliche
Kapsel des Körperchens mit ihren zahlreichen Kernen.
Ihr schliesst sich nach innen die auch hier unver-
kennbar bindegewebige Füllmasse an. Die Kerne und
das Protoplasma der Bindegewebszellen sind deutlich zu
erkennen.

In der Mitte des Querschnittbildes ist der Innenkolben
scharf gegen die bindegewebige Umgebung abgesetzt.
Seine Gestalt ist doppelt birnförmig; die schmaleren Stielenden
beider Birnen sind nach aussen gekehrt, die Körper-
massen mit einander verschmolzen. In der Mitte des
Innenkolbens liegt der Axencylinder, umhüllt von seinem
„Mantel".

In den firstartig vorspringenden Seitenteilen des Innenkolbens (den Stielenden der Birnen) liegen die Kerne der
durchschnittenen Zellen. Sie liegen nicht genau senkrecht

übereinander, sondern, wie man an dickeren Schnitten
leicht konstatieren kann, abwechselnd nach einer oder der
anderen Richtung abweichend. Die Ansicht der Längsschnitte, die beide Kernreihen einander gegenüber zeigt,
lehrt, dass diese Abweichungen im Allgemeinen ziemlich
gering sind, mit Ausnahme natürlich der schon besprochenen
zwei Haubenkerne. Die Thatsache, dass die Kerne auf
den Längsschnitten meist nicht alle in derselben Ebene getroffen sind, oder einzelne sogar ganz ausfallen, bestätigt diese
Unregelmässigkeit der Lagerung. Im letzteren Falle zeigen
die Nachbarschnitte regelmässig die früher vermissten Kerne.

Die Hüllzellen, welche den Innenkolben zusammensetzen, haben die in Figur 3 etwas schematisierte (der
Innenkolben ist so dargestellt worden (Figur 3), wie ihn
die aus den besten Schnitten kombinierten Einzelheiten
erscheinen liessen) Gestalt von Halbringen mit griffförmigen
Ansatze, der den Kern birgt. Natürlich ist dieser „Ansatz"
genannte Teil nicht gegen die übrige Zelle abgesetzt, sondern
damit zu einem Ganzen verbunden. An die halbringförmigen
Zellenvorsprünge der einen Seite grenzen die entsprechend
geformten Vorsprünge der anderen Seitenzellen, welche
diesen gerade gegenüber liegen, so dass sie mit diesen zusammen einen Ring bilden. Alle die auf diese Weise gebildeten Ringe (je ein Ring entspricht einem Zellenpaar)
bilden dann an einander gereiht den Innenkolben als
Hohlcylinder, der nach oben durch die „Haube" abge-
schlossen wird.

Im Inneren des Innenkolbens liegt nun der Axencylinder,
nicht als nackte Nervenfaser, sondern umgeben von einem
durch die Silberimprägnation dunkel gefärbten „Mantel,"
der schon auf dem Längsschnitte durch seine faserige
Struktur auffiel. Auf dem Querschnitte erscheint dieser
Mantel als ein Ring, in dessen Innerem sich der noch stärker
gefärbte Axencylinder wie ein dunkler Kern in hellerer
Schale abhebt. Der Axencylinder und sein Mantel füllen
den Hohlraum des Innenkolbens aus. Der Axencylinder
ist nicht bandförmig, wie er in den Vaterschen Körperchen
anderer Tiere gefunden wurde, sondern cylindrisch.

Die Vaterschen Körperchen finden sich im Schnabelwulst des Sperlings selten einzeln. Meist liegen sie in
Gruppen zu zweien und dreien zusammen, wie Beeren an
einem gemeinschaftlichen Stiele den Verzweigungen des

zugehörigen Nervenastes ansitzend. Auf den Schnitten sieht man meist das eine Körperchen längs, das andere quer, oder beide, resp. all drei schräg geschnitten. Natürlich ist es, auch wenn sich die Körperchen immer zu mehreren bei einander finden, möglich, dass nur ein einziges durch den Schnitt getroffen wird, wenn die anderen höher oder tiefer als die Schnittebene liegen. In der That sieht man auf den vorhergehenden oder späteren Schnitten solcher, die nur ein einzelnes Körperchen geschnitten aufweisen, ganz nahe der Stelle, die das frühere Körperchen einnahm, meist ein anderes gleichartiges Körperchen auftauchen.

Dieser Umstand dürfte zu der Annahme berechtigen, dass die Vaterschen Körperchen im Schnabelwulst des Sperlings überhaupt nicht einzeln, sondern stets zu zweien oder dreien neben einander liegend vorkommen.

Die Längsschnitte ergeben, dass die Vaterschen Körperchen immer mit der Längsachse parallel oder schräg zur Oberfläche der Haut liegen, nie senkrecht gegen dieselbe gelagert sind.

Es ist offenbar, dass diese Lage der Art der Funktion der Vaterschen Körperchen am meisten entspricht.

Gewöhnlich trifft man übrigens auf Längsschnitten, die in der Richtung des Schnabelrandes durch den Schnabelwulst geführt wurden, Quer- oder Schrägschnitte der Vaterschen Körperchen an, während Längsschnitte derselben meist auf Querschnitten des Schnabelwulstes zu finden sind. Die Körperchen stehen also mit ihrer Längsachse meist senkrecht zur Medianlinie des Kopfes. Vermutlich hängt auch diese eigentümliche Stellung mit der Funktion der Körperchen zusammen.

Die Zahl der Vaterschen Körperchen im Schnabelwulst des Sperlings scheint bedeutend kleiner zu sein, als im Enten- oder Gänseschnabel oder gar in dem von Leydig untersuchten Schnabel der Waldschnepfe. Ich habe sie wenigstens nie sehr zahlreich neben einander auffinden können.

Ueberdies beschränkt sich ihr Vorkommen im Schnabelwulst des Sperlings nur auf eine bestimmte Zone, die nach der Epidermis zu gelegen ist. Mehr im Inneren findet man sie nicht.

Mehrzellige Nervenendkörperchen.

Neben den soeben beschriebenen Vaterschen Körperchen fand ich im Schnabelwulst unseres Vogels noch eine grosse Anzahl mehrzelliger Nervenendkörperchen, die an Grösse freilich gegen die Vaterschen Körperchen bedeutend zurückstehen, an Zahl aber diesen ebenso bedeutend überlegen sind.

Historisches.

Zuerst aufgefunden wurden die mehrzelligen Nervenendkörperchen im Jahre 1869 von Grandry [58]) bei Gelegenheit der Untersuchung der Vaterschen Körperchen der Schwimmvögel. Freilich führte derselbe die Untersuchung der von ihm gefundenen Körperchen nicht durch, er beschränkte sich vielmehr darauf, sie abzubilden und darauf hinzuweisen, dass er sie neben den Vaterschen Körperchen gefunden habe. Im Jahre 1870 fand sie Ihlder [59]) in den Zungenpapillen der Vögel auf, erklärte sie jedoch einfach für hüllenlose Vatersche Körperchen. Erst 1875 gab Merkel [60] eine ausführlichere Beschreibung der nunmehr „Grandrysche Körperchen" benannten mehrzelligen Nervenendkörperchen. Er beschreibt dieselben als Gebilde aus blasenförmigen „Tastzellen" bestehend, welche einzeln oder zu mehreren zusammen gelagert wären. (Spätere Forscher haben übrigens das Vorkommen isolierter Merkelscher Tastzellen bestritten und darauf hingewiesen, dass Merkel wahrscheinlich die quergeschnittenen Grandryschen Körperchen für einzellig angesehen habe). Die aus mehreren Zellen bestehenden Nervenendorgane waren von einer bindegewebigen Hülle umschlossen, in deren Innerem die Tastzellen geldrollenähnlich mit ihren abgeplatteten Flächen an einander lagerten. „Tastzellen" nannte Merkel die blasenförmigen Zellen, weil er annahm, dass sie den eigentlichen Sitz der Nervenendigung abgäben. Wie spätere Forscher jedoch nachwiesen war diese Ansicht irrig und der Name „Tastzelle" nicht gerechtfertigt; man führte deshalb dafür den Namen „Deckzelle" ein.

---

[58]) Grandry cf. Journal de l'anat. et de la physiol. norm. et path. Bd. 6. 1869. p. 639.
[59]) Ihlder cf. Archiv f. Anat., Physiol. und wissenschftl. Medicin 1870. p. 328.
[60]) Merkel cf. Archiv f. mikrosk. Anat. Bd. 11. p. 636.

Merkel fand auch bei anderen Vögeln Taube, Huhn
die Grandryschen Körperchen, doch waren sie hier bedeutend kleiner als bei den Schwimmvögeln und deshalb
in ihren Einzelheiten schwerer zu erkennen.

In demselben Jahre bemerkte übrigens Waldeyer[61])
in einem Zusatze zu einer Arbeit seines Schülers Long-
worth über die Endkolben der Conjunctiva, dass er sich
an diesen Gebilden „auf das Bestimmteste" von dem Ueber-
gange einzelner Nervenfasern in die Zellen, aus denen sich
dieselben zusammensetzten, überzeugt habe. Er bestätigt
also Merkels Angaben über die eigentliche Endigung der
Nervenfasern innerhalb des Endkörperchens. Derselben
Ansicht ist Frey[62]).

Anders Key und Retzius[63]), die 1876 gemeinsam die
Grandryschen Körperchen der Ente untersuchten. Sie fanden
dieselben oberhalb der Gruppen der Vaterschen Körperchen
im Schnabel und der Zunge. In gewissen Punkten freilich
bestätigten sie die Angaben Merkels, doch fanden sie, dass
der Nerv nicht in sondern zwischen den Merkelschen
Tastellen in einer Verbreiterung der Nervenfaser selbst, der
sogenannten „Tastscheibe" endigte. Diese Scheibe fassten
sie als Terminalsubstanz der Nervenfaser auf. Einen Zusammenhang derselben mit den Merkelschen Tastzellen
selbst konnten sie nicht konstatieren.

Unabhängig von dieser Arbeit beschrieb auch Ranvier[64]
im Inneren unserer Körperchen eine Tastscheibe. Ich
lasse hier seine eigenen Worte folgen: „Arrivé à l'espace
intercellulaire unique du corpuscule, si celui-ci est composé
de deux cellules seulement, il (le cylindre-axe) y pénètre
et s'élargit en formant un disque que j'appellerai disque
tactile."

1878 schrieb Hesse[65]) über die Grandryschen Köperchen
des Entenschnabels und wies ihre Innervation durch den
zweiten und dritten Ast des N. trigeminus nach. Auch er

[61]) Waldeyer-Longworth cf. Archiv für mikr. Anatomie. Bd. 11
1875 p. 355.
[62]) Frey: Handbuch der Histologie und Histochemie. 1876.
p. 355.
[63]) Key und Retzius: Studien in der Anatomie des Nervensystems
und des Bindegewebes. Stockholm 1876. II. Hälfte. p. 227.
[64]) Ranvier cf. Comptes rendus 1877 p. 1020.
[65]) Hesse cf. Archiv für Anatomie und Entwickelungsgesch. 1878.

sah die Nervenfaser am Ende zu einer Platte sich ver-
breitern behauptet aber, dass sich von der Bindegewebshülle
des Körperchens aus zwischen die Deckzellen ein ringförmiger
Fortsatz einsenke, der „Scheibenring,“ in dessen durch-
lochtem Inneren dann die Tastplatte des Nerven sich aus-
breite. 1878 brachte Merkel [66] die Resultate einer neuen
Untersuchung der Tastzellen der Ente, worin er zwar die
Existenz der Tastscheibe zugiebt, aber deren Verbindung
mit den Tastzellen aufrecht erhält, sodass diese doch die
eigentliche Endigung der Nervenfaser repräsentierten. Zur
Unterstützung seiner Annahme betont er die Aehnlichkeit
der Tastzellen mit Ganglienzellen. Um den Uebergang der
Nervenfaser in die Tastzellen aus der Tastscheibe direkt
zu Gesicht zu bringen empfiehlt er die Betrachtung von
Schiefschnitten.

1879 teilt Waldeyer [67] die Resultate einer Untersuchung
seines Schülers Jzquierdo mit und findet dabei entgegen
seiner früheren Ansicht, dass eine Verbindung zwischen
der Tastscheibe und den Deckzellen der Grandryschen
Körperchen nicht besteht.

In seiner Dissertation, die in demselben Jahre erschien
schreibt Jzquierdo [68]: „Die Scheibe (Tastscheibe) steht
nirgends mit dem Protoplasma der Deckzellen in organischer
Verbindung wie Merkel behauptet; sie ist nur in unmittelbarer
Berührung mit demselben.“

Im Jahre 1880 gab Merkel [69] sein grosses Werk
„Ueber die Endigungen der sensiblen Nerven in der Haut
der Wirbeltiere“ heraus und beschrieb darin auch die
Grandryschen Körperchen am Schnabel und in der Mund-
höhle der Vögel, den einzigen Stellen, an denen er sie
vorfand. Gestützt auf Untersuchungen der Gans und Ente,
wiederholt er seine frühere Ansicht von der Verbindung
der Tastscheibe mit den „Tastzellen.“

Auserdem beschreibt er beim Sperling Tastkörperchen,
welche sich dadurch auszeichnen, dass sie sich aus zahl-

[66] Merkel cf. Archiv für mikrosk. Anatomie Bd. 15. 1878. p. 415.
[67] Waldeyer-Jzquierdo cf. Archiv für mikr. Anat. Bd. 17. 1879.
[68] Jzquierdo: Beiträge zur Kenntnis der Endigung der sensiblen
Nerven. Dissert. Strassburg 1879. p. 29.
[69] Merkel: Ueber die Endigungen der sensiblen Nerven in der
Haut der Wirbeltiere. Rostock 1880. p. 94.

reichen zu zwei Säulchen angeordneten „Tastzellen" zusammensetzen.

1881 brachte W. Krause [70] eine Zusammenstellung der bisher beschriebenen Nervenendigungsarten, ohne ausser den schon oben erwähnten zahlreichen neuen Namen etwas Bemerkenswertes anzuführen.

1882 gab Carrière [71] eine Beschreibung der Grandry-schen Körperchen, die aber, verglichen mit den Angaben früherer Autoren, nichts Besonders enthält. 1884 untersuchte Kultschitzky [72] den Bau der Grandryschen Körperchen aus der Zungenschleimhaut der Ente. Auf Grund seiner Beobachtungen stellte er fest, dass die Merkelschen Tastzellen keine Nervenzellen seien. Im Uebrigen giebt Kultschitzky ein genaues Bild des Eintrittes und der Verteilung der Nervenfaser in den betreffenden Gebilden.

Im Jahre 1886 beschrieb Dostoiewsky [73] diese Nervenendkörperchen, die er von der Ente und Gans mit deren Wachshaut entnommen hatte.

Auch Kölliker [74] erwähnt in seinen 1889 erschienenen Handbuche der Gewebelehre die Grandryschen Körperchen. Er ist ebenfalls der Ansicht, dass die Tastzellen nicht nervöser Natur sind, sondern nur einer mechanischen Leistung dienen. Als eigentliche Nervenendigung stellt er ebenfalls die Tastscheibe fest.

Die Beobachtungen von Dogiel [75] weichen in einigen Punkten wesentlich von denen früherer Forscher ab. Er giebt die Nervenendigung in der Tastscheibe zu, leugnet aber die Existenz eines Scheibenringes. Er sah auch verschiedene Nervenfasern in ein Körperchen eindringen, liess sie aber am Rande der Tastscheibe endigen. Der übrige Teil der Tastscheibe bestehe aus interfibrillärer Substanz.

Geberg [76] fand 1893, dass die Nerven in der Gaumenschleimhaut der Ente Plexus bilden, aus denen sich die

[70] W. Krause cf. Archiv für mikr. Anatomie. Bd. 21. 1882.
[71] Carrière cf. Archiv für mikr. Anat. Bd. 21. 1882.
[72] Kultschitzky cf. Archiv für mikr. Anat. Bd. 23. 1884. p. 358.
[73] Dostoiewsky cf. Arch. für mikr. Anat. Bd. 26. 1886. p. 581.
[74] Kölliker: Handbuch der Gewebelehre des Menschen Bd. 1. Leipzig 1889.
[75] Dogiel cf. Archiv für Anat. und Entwickelungsgesch. 1891. Anat. Abt. p. 182.
[76] Geberg cf. Internat. Monatsschrift für Anat. und Physiol. 1893. p. 205.

Fasern zu den Tastkörperchen hinziehen. Von einem Stamme ausgehend sollen diese gleiche wie verschiedenartige Tastkörperchen versorgen. Dabei beobachtete er auch Nervenfasern, die ohne sich an der Plexusbildung zu beteiligen, direkt aus den stärkeren Verzweigungen der Gaumennerven hervortraten und in die Terminalkörperchen übergingen. Ausserdem stellte Gieberg durch Färbungsversuche fest, dass die Deckzellen mit der Tastscheibe nicht in Verbindung stehen.

1895 untersuchte Seymonowicz [77]) die Nervenendigungen in der Schnauze des Schweines und fand hier auch neben anderen Formen den Grandryschen sehr ähnliche Körperchen vor, und zwar im Rete Malpighi.

Im Jahre 1896 gab Seymonowicz [78] seine Arbeit „Ueber den Bau und die Entwickelung der Nervenendigungen im Entenschnabel" heraus, in der er sehr ausführlich die hier vorkommenden Grandryschen Körperchen darstellt.

Eigene Beobachtungen.

An eigens zu diesem Zwecke angefertigten Präparaten unterrichtete ich mich zunächst über den Bau der Grandryschen Körperchen im Gänseschnabel. Ich fand dabei die in der Litteratur niedergelegten Angaben bestätigt. Weiter aber überzeugte ich mich, dass die von mir im Schnabelwulst des Sperlings aufgefundenen mehrzelligen Nervenendkörperchen in ihrem Bau nicht unwesentlich von den bisher bekannten Formen der mehrzelligen Nervenendkörperchen sich unterscheiden, obwohl sie in ihren typischen Eigenschaften denselben nahe verwandt sind.

Die mehrzelligen Nervenendkörperchen, die ich im Schnabelwulst des Sperlings vorfand, sind ebenso wie die oben beschriebenen Vaterschen Körperchen von einer Faserhülle des umgebenden Bindegewebes umschlossen. Diese Hülle wird, wie schon oben beschrieben, dadurch gebildet, dass sich die Bindegewebsfasern um das Körperchen herum verdichten und es eng umschliessen. Das innerhalb dieser Hülle liegende Körperchen weicht jedoch in seinem Bau

---

[77]) Seymonowicz cf. Archiv f. mikr. Anat. und Entw.-Gesch. Bd. 45. p. 624.
[78]) Seymonowicz cf. Archiv f. mikr. Anat. und Entw.-Gesch. 1896. Bd. 48. p. 329.

von dem der Vaterschen Körperchen ab, obgleich sich eine gewisse Aehnlichkeit zwischen beiden nicht verkennen lässt.

Zunächst sind dieselben sehr klein und fast kugelig gestaltet, indem sie im längeren Durchmesser durchschnittlich 0,029 mm, im kürzeren 0,023 mm messen. Die betreffenden Gebilde sind auch bedeutend zahlreicher als die Vaterschen Körperchen, mit denen sie übrigens die gleiche Lagerung zur Oberfläche der Epidermis aufweisen. Mit ihrer längeren Achse, die meist dem Verlauf der eintretenden Nervenfaser entspricht, liegen sie meist parallel zur Oberfläche der Haut. Gelegentlich freilich kann diese Achse auch senkrecht zur Haut stehen oder allerlei Zwischenstellungen einnehmen.

Ihr Vorkommen ist nicht wie das der Vaterschen Körperchen an eine bestimmte Zone gebunden: man findet sie in jedem Teile des Schnabelwulstes unterhalb der Epidermis. Bei oberflächlicher Betrachtung erscheinen unsere Nervenendkörperchen durch ihre Grösse und die Art ihrer Umhüllung den Durchschnitten der Blutkapillaren nicht unähnlich, besonders da, wo der Zutritt der Nervenfaser zum Endkörperchen nicht direkt zu sehen ist. Besonders nahe liegt eine Verwechselung, wenn man ein schräg angeschnittenes leeres Blutgefäss vor sich hat. Um jeden Irrtum zu vermeiden, ist es nötig, möglichst dünne Serienschnitte zur Verfügung zu haben. Natürlich entscheidet in zweifelhaften Fällen die Konstatierung von Blutkörperchen oder Innenzellen auf den Nachbarschnitten.

Die zutretende Nervenfaser trifft man auf den Schnitten selten so, dass man sie bis in das Nervenendkörperchen ununterbrochen verfolgen kann. In Figur 4 ist ein solches Körperchen abgebildet. Zufällig ist durch den Schnitt der ganze Verlauf der Nervenfaser hier blossgelegt. Das Bild erklärt denn auch, dass man vielfach wohl den Verlauf einer auf das Endkörperchen zusteuernden Nervenfaser sieht, diese aber nur bis in die Nähe des Endkörperchens verfolgen kann, wo sie plötzlich aufhört, sodass man annehmen muss, sie biege nach oben oder unten ab, um an dem Körperchen vorbeizukommen. In solchen Fällen macht die Nervenfaser, wie in Figur 4, kurz vor ihrem Eintritt in die Kapsel des Nervenendkörperchens eine oder mehrere Schlangenwindungen, die leicht durchschnitten werden, so dass man dann ausser Stande ist, den Verlauf der Nervenfaser, obwohl sie mit ihren Hüllen ziemlich dick erscheint, in das Körperchen hinein zu verfolgen. Auf Schnitten, welche die Windungen der Nervenfaser durchtrennen, die Eintrittsstelle in das Endkörperchen aber getroffen haben, kann man auch den Verlauf der Faser mehr oder minder vollständig verfolgen.

Der feinere Bau der mehrzelligen Nervenendkörperchen, die ich der grossen Gruppe der Grandry'schen Körperchen einreihen möchte, weil sie aus mehreren in eine Kapsel eingeschlossenen Zellen und einer ebenfalls in die Kapsel eindringenden und zwischen den Zellen endigenden Nervenfaser bestehen, ist, soweit ich das feststellen konnte, folgender: Wie schon erwähnt, beträgt der Durchmesser der fast kugeligen Gebilde 0,029 mm beziehungsweise 0,023 mm, doch schmilzt dieser Unterschied meistens auf ein geringeres Maass zusammen, oder schwindet auch ganz.

Das mehrzellige Nervenendkörperchen wird äusserlich von einer aus dem umgebenden Bindegewebe gebildeten Faserhülle eingeschlossen, deren Elemente sich um das Körperchen herum in teilweise paralleler Schichtung gruppieren. Die an der Bindegewebshülle der Vater'schen Körperchen nachgewiesene innere lichtbrechende Schicht konnte ich hier nicht direkt nachweisen, doch ist zu vermuten, dass sie vorhanden ist, da die Bindegewebshülle im Uebrigen mit der der Vater'schen Körperchen völlig übereinstimmt. In der bindegewebigen äusseren Hülle sind wie bei den Vater'schen Körperchen deutlich längliche Kerne zu unterscheiden. Auch die faserige Verbindung zwischen äusserer Bindegewebshülle und eigentlicher Kapsel des Körperchens ist an zufällig entstandenen Schrumpfungsstellen deutlich zu erkennen.

Wie aus Figur 5 ersichtlich, folgt auf diese bindegewebige Hülle eine zweite, die auch an Figur 4 und 6 als feine äussere Umgrenzung (K) zu erkennen ist. Sie tritt hauptsächlich an den etwas geschrumpften Körperchen hervor, ist aber sonst von der äusseren Bindegewebshülle kaum zu unterscheiden. Es ist dies die eigentliche Kapsel des Körperchens; sie geht aus der Umhüllung der eintretenden Nervenfaser hervor und umschliesst das Körperchen innerhalb der bindegewebigen Hülle. Zellkerne konnte ich darin nicht nachweisen. In ihrem Inneren sind die Zellen so angeordnet, dass sie die Hohlkugel in einer einfachen

Schicht tapezieren. Im Uebrigen liegen die Zellen nicht immer ganz regelmässig nebeneinander; sie sind oft nach der einen oder anderen Richtung hin durch Druck der Nachbarzellen verschoben. Dadurch könnte man leicht zu der Vermutung kommen, dass die Innenzellen hier und da geschichtet seien, doch erweist eine nähere Untersuchung diese Annahme als falsch. Durch die unregelmässige Lagerung und die nicht ganz gleiche Grösse der Innenzellen wird es bedingt, dass in der Mitte des Körperchens ein nur kleiner Hohlraum übrig bleibt, der durch den kolbenförmig anschwellenden Axencylinder gerade ausgefüllt wird. Sonst berühren sich die Zellen fast in ganzer Ausdehnung, höchstens dass sie einige ganz dünne Fäserchen zwischen sich eintreten lassen, wie ich das an einigen besonders günstigen Schnitten erkennen konnte. Freilich gelang es mir nicht, mit Sicherheit nachzuweisen, ob diese Fasern von dem Nervenende oder von der Kapsel ausgingen. Aus Gründen jedoch, die ich der mit der Hülle der Nervenfaser übereinstimmenden Färbung entnehme, erscheint das Letztere wahrscheinlicher.

Die Innenzellen selbst sind blasenartig hell. Ihr Protoplasma färbt sich weder mit Hilfe der Silberimprägnation noch mit Hämatoxylin. Wohl aber färben sich die rundlichen Kerne, deren jede Zelle einen enthält, mit Hämatoxylin. Kernkörperchen freilich konnte ich in ihnen nicht unterscheiden.

Durch Aussehen und Beschaffenheit sind diese Zellen in auffallender Weise denen ähnlich, die zwischen den Bindegewebszügen des Schnabelwulstes eingelagert sind und die auch schon eingangs meiner Darstellung erwähnt sind. Auch die Grösse derselben zeigt keine besonderen Unterschiede. Sie messen in ihrem längeren Durchmesser 0,005 bis 0,006 mm. in dem darauf senkrecht stehenden kürzeren 0,003 bis 0,004 mm, haben also eine ziemlich rundliche Form, die freilich durch den Druck der Nachbarzellen vielfach verändert wird. Figur 4, 5, 6.

Im Inneren dieser Zellenlage findet sich die kolbig anschwellende Nervenendigung Figur 4 und 5). An einer von der Kapsel und den Innenzellen offen gelassenen Stelle tritt die Nervenfaser in das Endkörperchen ein, um alsbald ihre Hülle zu verlieren, die dabei dem Anschein nach in die Kapsel übergeht. In ihrem Verlauf ausserhalb des

Endkörperchens wird die Nervenfaser nicht nur von ihrer Hülle, sondern auch von Zügen dichter Bindegewebsfasern begleitet. Diese Bindegewebsfasern gehen beim Eintritt der Nervenfaser in das Endkörperchen in dessen äussere bindegewebige Hülle über. Der Anschnitt eines mehrzelligen Endkörperchens (Figur 6) zeigt die Innenzellen über die ganze Fläche des Körperchens innerhalb der Kapsel verbreitet, weil hier die in der Mitte des Körperchens liegende Endanschwellung der Nervenfaser nicht mit getroffen wird. Derartige Bilder sind bei weitem die häufigsten, und deshalb habe ich auch einen solchen Schnitt abgebildet.

Eine Vergleichung der mehrzelligen Nervenendkörperchen aus dem Schnabelwulst des Sperlings mit den Vaterschen und Grandryschen Körperchen ergiebt, dass die mehrzelligen Nervenenden fast in der Mitte zwischen beiden stehen. Sie vereinigen in sich die Eigentümlichkeiten derselben. Den Vaterschen Körperchen ähneln sie insofern als sie in ihrer Mitte das kolbig anschwellende Ende der Nervenfaser aufweisen. Mit den Grandryschen Körperchen dagegen stimmen sie in anderen Beziehungen überein, besonders darin, dass beide aus einer Anzahl wohl charakterisierter Zellen bestehen, die das Ende einer Nervenfaser in sich aufnehmen. Dazu kommt noch die beiden eigentümliche kugelige Gestalt.

Das Vorkommen der mehrzelligen Nervenendkörperchen in allen Schichten des Schnabelwulstes vereinigt die Verbreitungsart der Vaterschen und der Grandryschen Körperchen insofern, als diese letzteren nur in bestimmten Schichten der Cutis, die Grandryschen näher der Epidermis, die Vaterschen Körperchen mehr in den tieferen Lagen zu finden sind.

Man könnte vielleicht in den hier beschriebenen mehrzelligen Nervenendkörperchen eine Art Verbindungsglied zwischen den Vaterschen und den Grandryschen Körperchen erblicken, darf dabei aber nicht übersehen, dass sie im ganzen mehr nach der Seite der Grandryschen Körperchen neigen. Aus diesem Grunde möchte ich sie denn auch als besondere Form den letzteren beizählen.

Entwickelungsgeschichtliches.

Was ich über die Entwickelung der Nervenendkörperchen des Schnabelwulstes des jungen Sperlings sagen kann, beschränkt sich im Wesentlichen auf die in der bisherigen Litteratur niedergelegten Angaben, da ich an meinen eigenen Präparaten nicht viel Neues auffinden konnte.

Im Jahre 1879 schrieb Izquierdo [79]) über die Entwickelung der Grandry'schen Körperchen, dass ihre Deckzellen epithelialen Ursprungs seien und von den tieferen Schichten der Epidermis abstammten. Er fand bei der Ente, dass sich 4—5 Tage vor dem Auskriechen des Embryos kleine Epithelzapfen oder Gruppen von Epithelzellen in die Spitzen der weichen Zungenpapillen einsenkten. Die am tiefsten liegenden Zellen vergrösserten sich rasch und legten sich zu zweien oder mehreren zusammen, nur durch eine glänzende Linie von einander getrennt, um auf diese Weise die späteren Deckzellen zu bilden. Erst später bildete sich die bindegewebige Kapsel im Umkreise der Zellengruppen. Die nicht verwendeten Epithelzellen verschwanden, doch fanden sich solche zum Teil auch später noch zwischen den Tastkugeln und der Epidermis. Die bedeutende Entwickelung der Deckzellen schreibt Izquierdo dem Einfluss der zutretenden Nervenfaser zu.

1880 fand Merkel [80]) bei Hühnchen im embryonalen Alter von 17 Tagen rundliche Zellhaufen, die er als die Anfänge der Vater'schen Körperchen deutete. Am 22. Tage konnte er den Innenkolben deutlich unterscheiden, doch gelang es ihm nicht, schon in diesem Stadium Bindegewebsfibrillen zu erkennen. Beim Sperling soll sich nach Merkels Angabe die Sache ganz ähnlich verhalten.

Bei einer einige Tage alten Gans sah derselbe die circulären Bindegewebsfibrillen zwischen den noch massenhaft vorhandenen platten Zellen auftreten. Die Form der Vater'schen Körperchen war schon erkennbar, obwohl die definitive Gestalt noch fehlte. Der Innenkolben war von ansehnlicher Länge, ein Verhalten, das Merkel dahin deutet dass sich im Laufe der späteren Entwickelung haupt-

---

[79]) Izquierdo vgl. 50.
[80]) Merkel vgl. 69.

sächlich die Bindegewebshülle und die äusseren Lamellen des Körperchens vergrössern.

1885 schrieb Asp „Zur Lehre über die Bildung der Nervenendigungen".[1] Er fand, dass die Grandryschen Körperchen bei Gans und Ente am 21. Bebrütungstage entstehen. Die Zellen des Stratum Malpighi trieben einen Fortsatz ins Mesoderm, ein Klümpchen von Zellen, das zunächst noch stielartig durch eine oder zwei Zellen mit dem Oberflächenepithel in Verbindung stand. Die Körper der Zellen vergrösserten sich, während der Kern nicht an Masse zunahm. Die Mesodermelemente umgaben die Zellhaufen zunächst circulär und trennten sie schliesslich von dem äusseren Keimblatt, worauf dann das Cutisgewebe auch zwischen die einzelnen Zellen eindrang. Da eine Teilung in den abgeschnürten Elementen nicht vorkam, nahm er an, dass die Anzahl der Nervenendigungen nach Abschluss des Entwickelungslebens dieselbe bleibt.

In seiner 1896 veröffentlichten Arbeit schrieb Seymonowicz[2] auch über die Entwickelung der Nervenendigungen. Er beobachtete die Entwickelung derselben bei Entenembryonen und stellte dabei fest, dass sich am 18. Bebrütungstage die ersten Anfänge der Nervenendigungen zeigten. Erst von diesem Tage an erreichen die Nervenendigungen die oberen Teile der Cutis; es liessen sich auch bis dahin in dem embryonalen Bindegewebe keine Zellen nachweisen, welche den Anlagen der Nervenendkörperchen entsprochen hätten. Von da an aber wuchsen die Nervenfasern in den oberen Teil der Cutis ein und umflochten mit ihren Ausläufern je eine Gruppe von Zellen, deren ephithelialer Ursprung jedoch geleugnet wird. Später bildeten die Nervenfasern baumartige Geflechte parallel der Oberhaut, während die Zellengruppen selbst zu Grandryschen Körperchen wurden. Andere Nervenfasern blieben unverzweigt, sie bogen einfach parallel zur Hautoberfläche ab und wurden von einer Reihe stark sich färbender Zellen umgeben, welche ihrerseits wieder mit zwei bis drei Reihen dicht neben einander liegender Zellen in Beziehung traten. Die letzteren zeigten die Merkmale gewöhnlicher

---

[1] Asp cf. Mitteilungen aus dem embryol. Institut der Universität Wien. Neue Folge. Heft 1. 1885. Citiert nach Gieberg (C. 76), da mir die Arbeit selbst leider nicht zugänglich war.
[2] Seymonowicz vgl. 78.

Bindegewebszellen, sie bilden später die Kapsel der Vaterschen Körperchen.

Die definitive Ausbildung der Vaterschen Körperchen
erfolgte erst nach dem Auskriechen.

Wahrscheinlich werden die Nervenendkörperchen alle
gleichzeitig angelegt und sind in ihrer definitiven Zahl
schon am Ende des Embryonallebens vorhanden. Nur liegen
sie in dieser Zeit dichter an einander gedrängt, als beim
ausgewachsenen Tiere. Das Auseinanderrücken der Körperchen erfolgt einfach durch das Wachstum des sie umgebenden Bindewebes.

Seymonowicz ist der Ansicht, dass die Nervenend-
körperchen bindgewebigen Ursprungs sind, da er eine
Verbindung der Zellhäufchen mit der Epidermis oder das
Einsenken von Epidermisfortsätzen in die Cutis und deren
Abschnürung nie hat beobachten können.

Er nimmt an, dass die Differencierung der Zellen-
haufen zu Vaterschen oder Grandryschen Körperchen unter
dem Einflusse der Nervenfaser stattfindet, da sie erst beginnt, wenn die Nervenfaser ihre Endverzweigungen gebildet hat. In welcher Weise dieser Einfluss zu denken
ist weiss er freilich ebenso wenig anzugeben wie die
früheren Forscher, die derselben Ansicht waren. Er denkt,
dass die Differencierung der Zellengruppen durch feine
Endverzweigungen der Nervenfasern vermittelt wird, die
nach Fertigstellung der Körperchen sich wieder zurück-
bildeten.

In demselben Jahre wie Seymonowicz schrieb auch
Schenk[33]) über die Entwickelung der Nervenendkörperchen.
Nach seinen Angaben gehen die Nervenendkörperchen ent-
schieden aus dem Ektoderm hervor. Die tiefsten Zellen
der Malpighischen Schicht senken sich in das Mesoderm
hinein und bilden, gerade so wie die Anfänge der Haut-
drüsen, auch die erste Anlage der Nervenendkörperchen.
Die Zellen, welche die Endkörperchen bilden sollen, legen
sich zu Gruppen zusammen und stehen dann nur noch durch
eine oder mehrere Zellen mit dem Ektoderm in Zusammenhang. Darauf lagern sich die Bindegewebselemente um die
Gruppen der Ektodermzellen herum und schnüren die

---

[33]) Schenk: Lehrbuch der Anatomie des Menschen und der
Wirbeltiere. Wien-Leipzig 1896. p. 236.

Zellengruppen ab, indem sie die Verbindung mit deren Ursprungsstelle lösen. Die Zellen nehmen dann an Grösse zu und werden von Bindegewebszügen durchwachsen, die allmählich massenhafter werden und die Zellen schliesslich in kleinere Gruppen abteilen. Diese letzteren sind die Anlagen der späteren Terminalkörperchen, die somit in letzter Instanz dem Ektoderm entstammen.

Nach meinen Beobachtungen besteht der Schnabelwulst des jungen Sperlings im Anfänge seiner Entwickelung aus einer ektodermalen und einer mesodermalen Schicht Die ektodermale Schicht bildet natürlich die Hülle der mesodermalen und besteht zunächst aus einer einfachen Lage von Cylinderzellen, während die mesodermale Schicht sich aus rundlichen Zellen zusammensetzt. Im weiteren Verlauf der Entwickelung bildet die ektodermale Cylinderzellenschicht nach aussen hin mehrere Lagen von platten Zellen, die das spätere Epithel repräsentiren. Nach innen zu senken sich von Cylinderzellenschicht aus Zellen ins Innere des Mesoderms ein, wo sie sich vielfach zu Gruppen verschiedener Grösse an einander legen. Figur 7).

In späteren Stadien sind die mesodermalen Zellen zu Bindegewebszellen geworden, die mit ihren faserigen Ausläufern die Gruppen der Ektodermalzellen umfassen. Die bis dahin noch durch einzelne Zellen aufrecht erhaltene Verbindung schwindet mit dem Zunehmen der Bindegewebsfasern, welche dann ihrerseits die ektodermalen Zellengruppen oder auch einzelne Zellen in sich einschliessen. Die Zellengruppen sind nun die Anfänge der späteren Nervenendkörperchen, während die einzelnen Zellen zu den oben erwähnten zelligen Einlagerungen des Schnabelwulstes werden.

Später werden die Bindegewebsfasern allmählig stärker und zahlreicher und durchziehen dann in mehr oder weniger parallelen Strängen den ganzen Schnabelwulst. Zwischen den Fasern liegen die zahlreichen isolierten Zellen und die Nervenendkörperchen, Nervenäste mit ihren Ausläufern und ein ziemlich enges Netz von Blutkapillaren. (Figur 1.

Die Nervenäste verlaufen gewöhnlich in der Nähe der Epidermis und schicken von hier aus ihre Zweige zu den Terminalkörperchen ins Innere des Schnabelwulstes. Sie halten dabei vornehmlich die Längesrichtung des Schnabelwulstes ein, sodass man auf Querschnitten durch den

Wulst fast nur Seitenzweige der Hauptstämme zu Gesicht bekommt.

Die ersten Anlagen des Schnabelwulstes fand ich bei Embryonen aus dem ersten Drittel des Entwicklungslebens, das beim Sperling 14—15 Tage dauert. Die Rückbildung trat bei Exemplaren ein, welche die Mitte der postembryonalen Entwickelungsperiode überschritten hatten.

An den Schnäbeln von Sperlingen, welche vollständig ausgebildet waren, fand ich nur noch die letzten Spuren des Schnabelwulstes am Schnabelwinkel, an der Stelle, wo Ober- und Unterschnabel beweglich mit einander verbunden sind, wo also keine starke Verhornung eintritt.

Die Rückbildung des Schnabelwulstes geht in der Weise vor sich, dass von der Epidermis her die Bindegewebsfasern immer mehr sich verdichten und so unter Verdrängung der Nerven und Blutgefässe den ganzen Wulst allmählich verfilzen.

Aus diesen Beobachtungen geht hervor, dass die physiologische Bedeutung des Schnabelwulstes des Sperlings in die Entwickelungszeit des Vogels fällt. In dieser Zeit funktioniert der Schnabelwulst als Tastorgan. Die Thatsache, dass sich ein Schnabelwulst auch bei anderen Nesthockern in verschieden starker Entwickelung zeigt, bei Nestflüchtern aber nicht auftritt, führt zu der Vermutung, dass der Schnabelwulst besonders bei der Nahrungszufuhr in in Thätigkeit tritt.

Bei den Nesthockern geschieht diese bekanntlich mit Hilfe der Mutter, die, wie man sagt, die Jungen, wenn sie wenig fresslustig sind, durch Berührung des Schnabelwulstes zur Aufnahme der Speise veranlasst.

Daher erklärt sich auch die Rückbildung des Schnabelwulstes von der Zeit an, in der sich der junge Vogel mehr und mehr dem Stadium nähert, in dem er gezwungen ist, selbst für seine Ernährung zu sorgen.

Zum Schlusse ist es mir eine angenehme Pflicht, Herrn Geh. Rat Prof. Dr. Leuckart meinen verbindlichsten Dank für die überaus freundliche Bereitwilligkeit auszusprechen, mit welcher derselbe mir bei meinen Untersuchungen ratend und helfend unermüdlich zur Seite gestanden hat.

Litteratur.

A. Einleitung.

1. Kosmos 9. p. 157.
2. Kosmos 10. p. 231.
3. Blanchard cf. Comptes rendus des séances de l'académie des sciences. Paris 1860. p. 540.
4. Fraisse cf. Sitzungsberichte der naturforschenden Gesellschaft zu Leipzig. 1881. p. 16.
5. Fraisse: Vortrag in der physiologisch-medicinischen Gesellschaft gehalten. Würzburg, December 1879.
6. Röse cf. Anatomischer Anzeiger 1892. p. 748.
7. Albertina Carlsson cf. Anatomischer Anzeiger 1896. p. 72.
8. Stöhr: Lehrbuch der Histologie und der mikr. Anatomie des Menschen. Jena 1892. p. 21.

B. Vatersche Körperchen.

9. Krause cf. Archiv für mikr. Anatomie, Bd. 19. 1881. p. 53.
10. Vater: Diss. de consensu corporis humani. Virtembergae 1741.
11. Pacini cf. Nuovo Giornale dei Literati. 1836. Pisa.
12. Andral: Observations et propositions d'anatomie et chirurgie et de médecine. Thèse présentée à la faculté de médecine de Paris. 1837. p. 9.
13. Lacauchie cf. Comptes rendus. 1843. Tom. 17.
14. Henle und Kölliker: Ueber die Pacinischen Körperchen an den Nerven des Menschen und der Säugetiere. Zürich 1844.
15. C. J. Mayer: Die Pacinischen Körperchen an den Nerven des Menschen und der Säugetiere. Zürich 1844.
16. Reichert: Bemerkungen zur vergleichenden Naturforschung im Allgemeinen und vergleichende Betrachtungen über das Bindegewebe und die verwandten Gebilde. Dorpat 1845.
17. Todd and Bowman cf. The Physiological Anatomie and Physiologie of man. Vol. 1. 1845.
18. Pappenheim cf. Comptes rendus. Tom. 23. 1846.
19. Bidder: Zur Lehre von dem Verhältnis der Ganglienkörper zu den Nervenfasern. Leipzig 1847.
20. Strahl: Archiv für Anatomie. Physiol. und wissenschaftliche Medicin. 1848.

21. Herbst: Die Pacinischen Körper und ihre Bedeutung. Göttingen 1848.
22. Will cf. Sitzungsberichte der K. Akademie der Wissenschaften zu Wien. 1850. Bd. I.
23. Hassall: Mikroskopische Anatomie des menschlichen Körpers in gesundem und krankem Zustande. Aus dem Englischen übersetzt von Dr. Otto Kohlschütter. Leipzig 1852.
24. Leydig, Zeitschrift für wissenschaftl. Zoologie. Bd. 5. 1854.
25. Huxley cf. Quarterly Journal of microscopical Science. 1851. Vol. 11.
26. Leydig: Lehrbuch der vergleichenden Histologie. 1857.
27. Keferstein cf. Nachrichten von der G. A. Universität zu Göttingen 1858. No. 8.
28. Virchow: Die Cellularpathologie. Berlin 1858.
29. W. Krause: Die terminalen Körperchen. 1860.
30. Jacubowitsch cf. Comptes rendus. 1860. Tom. 50.
31. Engelmann cf. Zeitschrift f. wissensch. Zoologie. Bd. 13. 1863.
32. Hoyer cf. a. Archiv f. Anat Physiol. u. wissenschaftl. Medicin 1864. b. Lehrbuch der Anatomie des Menschen. 1875.
33. Ciaccio cf. Centralblatt für die medic. Wissenschaften. 1864. No. 26.
34. Paladino: Rendic. della R. Academia delle Science fisiche e matematiche di Napoli. 1866.
35. Beale cf. The Medical Times and Gazette. 1867. Vol. I.
36. Bruch: Untersuchungen über die Entwickelung der Gewebe bei den warmblütigen Tieren (Abhandlungen der Senkenburger Gesellschaft Bd. 4 und 6) 1868.
37. Leydig cf. Archiv f. mikr. Anatomie 1868. Bd. 4. p. 995.
38. Michelson cf. Archiv f. mikr. Anatomie. Bd. 5. 1869.
39. Grandry cf. Journal de l'anatomie et de la physiologie norm. et path. par Robin. 1869.
40. Goujon cf. Journal de l'anatomie et de la physiologie norm. et path. par Robin. 1869.
41. Nepveu: Nach Krauses Allgemeiner und mikroskopischer Anatomie citiert.
42. Ihlder cf. Archiv für Anatomie. Physiol. und wissenschaftliche Medicin 1870.
43. Ciaccio: Memoire della Reale Academia delle Science di Torino Ser. 11. Tom. 25.
44. Key und Retzius cf. Archiv f. mikr. Anatomie. Bd. 9. 1873.
45. A. Budge cf. Centralblatt für die medic. Wissenschaften 1873.
46. Przewoski cf. Archiv für pathol. Anatomie und Physiologie und für klin. Medicin. Bd. 63. 1875.
47. Schäfer cf. Quarterly Journal of microscop. Science. New Series No. 58. April 1875.
48. Arndt cf. Archiv für pathol. Anatomie. Bd. 65. 1875.
49. Key und Retzius: Studien in der Anatomie des Nervensystems und des Bindegewebes. 2. Hälfte. 1. Abt. Stockholm 1876.
50. Izquierdo: Beiträge zur Kenntniss der Endigung der sensiblen Nerven. Diss. Strassburg 1879.
51. Merkel: Ueber die Endigungen der sensiblen Nerven in der Haut der Wirbeltiere. Rostock 1880.

52. W. Krause cf. Archiv für mikr. Anatomie. Bd. 19. 1881.
(B. 9).
53. Carrière cf. Archiv f. mikr. Anatomie. Bd. 21. 1882. p. 146.
54. Schwalbe: Lehrbuch der Anatomie der Sinnesorgane. Erlangen
1887. p. 1.
55. Kölliker: Handbuch der Gewebelehre des Menschen. Bd. 1.
Leipzig 1889.
56. Dogiel cf. Archiv für Anatomie und Entwickelungsgesch. Anat.
Abt. 1891. p. 182.
57. Seymonowicz cf. Archiv für mikr. Anatomie und Entwickelungsgeschichte. Bd. 48. 1896. p. 329.

C. Mehrzellige Nervenendkörperchen.

58. Grandry cf. Journal de l'anatomie et de la physiologie norm.
et path. Bd. 6. 1869. p. 369. (B. 39).
59. Ihlder cf. Archiv für Anatomie. Physiol. und wissenschaftl.
Medicin 1870. p. 328 (B. 42).
60. Merkel cf. Archiv für mikr. Anatomie. Bd. 11. 1875. p. 636.
61. Waldeyer-Longworth cf. Archiv für mikr. Anatomie. Bd. 11.
1875. p. 659.
62. Frey: Handbuch der Histologie und Histochemie. 1876. p. 355.
63. Key und Retzius: Studien in der Anatomie des Nervensystems
und des Bindegewebes. Stockholm 1876. 2. Hälfte. p. 227.
(B. 49).
64. Ranvier cf. Comptes rendus 1877. p. 1020.
65. Hesse cf. Archiv f. Anatomie und Entwickelungsgeschichte 1878.
66. Merkel cf. Archiv für mikr. Anatomie. Bd. 15. 1878. p. 415.
67. Waldeyer-Izquierdo cf. Archiv für mikr. Anatomie. Bd. 17.
1879.
68. Izquierdo: Beiträge zur Kenntniss der Endigung der sensiblen
Nerven. Dissert. Strassburg 1879. p. 29. (B. 50).
69. Merkel: Ueber die Endigungen der sensiblen Nerven in der
Haut der Wirbeltiere. Rostock 1880. p. 94. (B. 51).
70. W. Krause cf. Archiv für mikr. Anatomie. Bd. 19. 1881. p. 53.
B. 9, 52).
71. Carrière cf. Archiv für mikr. Anatomie. Bd. 21. 1882. (B. 53).
72. Kultschitzky cf. Archiv für mikr. Anatomie. Bd. 23. 1884.
p. 358.
73. Dostoiewsky cf. Archiv für mikr. Anatomie. Bd. 26. 1886.
p. 581.
74. Kölliker: Handbuch der Gewebelehre des Menschen. Bd. 1.
Leipzig 1889. (B. 55).
75. Dogiel cf. Archiv für Anatomie und Entwickelungsgeschichte.
Anatom. Abt. p. 182. (B. 56).
76. Geberg cf. Internationale Monatsschrift für Anatomie und Physiologie. 1893. p. 205.
77. Seymonowicz cf. Archiv für mikr. Anatomie und Physiologie.
Bd. 45. p. 624.
78. Seymonowicz cf. Archiv f. mikr. Anatomie und Entwickelungsgeschichte 1896. Bd. 48. p. 329 (B. 57).

D. Entwickelungsgeschichtliches.

79. Izquierdo: cf. B. 50, C. 68.
80. Merkel: cf. B. 51. C. 69.
81. Asp: Mitteilungen aus dem embryologischen Institut der Universität Wien. Neue Folge. Heft 1. 1885. (Leider konnte ich die Arbeit selbst nicht einsehen und musste mich daher mit Gebergs (C. 76) Citat begnügen.)
82. Seymonowicz: cf. B. 57, C. 78.
83. Schenk: Lehrbuch der Anatomie des Menschen und der Wirbeltiere. Wien-Leipzig 1896. p. 236.

Erklärung der Abbildungen.

—

Figur 1.

Querschnitt durch den rechten Unterschnabel eines Sperlings, dessen Schnabelwulst auf der Höhe seiner Entwickelung steht. In dem Bindegewebe und den Schnabelteilen, welche dem Wulst benachbart sind, liegen folgende Teile:

K K Knochen des Unterschnabels
F P Federpapillen
M Muskulatur
B G Blutgefäss.

Im Schnabelwulst selbst liegen:

N A Nervenast mit seinen Verzweigungen
B G Blutgefässe
V K Vatersche Körperchen
M N mehrzelliges Nervenendkörperchen.

Figur 2.

Längsschnitt eines Vaterschen Körperchens aus dem Schnabelwulst des Sperlings:

B H Bindegewebshülle
B S innere, stark lichtbrechende Schicht der Bindegewebshülle
L K lamellöse Kapsel
B Bindegewebskapsel
N Nervenfaser
I Innenkolben
K Kerne der halbkreisförmigen Zellen
H Haube mit Haubenzellkern
S Schrumpfungsstelle mit Verbindungsfasern zwischen
B H und L K.

Figur 3.

Querschnitt eines Vaterschen Körperchens aus dem Schnabelwulst des Sperlings:

B H Bindegewebshülle
B S innere Schicht von B H
L K lamellöse Kapsel
B Bindegewebskapsel
H Z I und H Z II halbkreisförmige Hüllzellen mit ihren Kernen K
M Mantel des Axencylinders A.

Figur 4.

Mehrzelliges Nervenendkörperchen aus dem Schnabelwulst des Sperlings:

N Nervenfaser
N E kolbenförmige Endigung der Nervenfaser
I Z Innenzellen
K Kapsel des Endkörperchens.

Figur 5.

Mehrzelliges Nervenendkörperchen aus dem Schnabelwulst des Sperlings:

B H Bindegewebshülle
K Kapsel des Körperchens
I Z Innenzellen
N A Nervenast
N Nervenfaser, die in das Körperchen übergeht
Hl Hülle der Nervenfaser.

Figur 6.

Anschnitt der Figur 5:

I Z Innenzellen
K Kapsel.

Figur 7.

Teil des Schnabelwulstes eines Embryos aus dem ersten Drittel seiner Entwickelungszeit:

Ep Epidermis (Ektoderm)
Z G Gruppen ektodermaler Zellen, die sich ins Mesoderm
  eingesenkt haben und noch durch einzelne Zellen
  die Verbindung mit dem Ektoderm aufrecht er-
  halten.

Der Stiel des in Figur 2 und der Innenkolben des in Figur 3 dargestellten Vaterschen Körperchens sind schematisch gezeichnet.

Vita.

Ich, Ernst Heidecke, evangelisch-lutherischen Glaubens, wurde geboren am 18. Juli 1871 zu Breitenworbis (Kreis Worbis), Provinz Sachsen, als Sohn des damaligen Rittergutspächters Ernst Heidecke, der am 30. Dezember 1893 verstorben ist.

Vorgebildet wurde ich für mein Studium auf dem Gymnasium zu Nordhausen, welches ich von Ostern 1881 bis Michaelis 1890 besuchte. Nach meinem Abgange von der Schule wandte ich mich der Zahnheilkunde zu und bildete mich zunächst in Nordhausen unter fachmännischer Leitung bis zum Herbst 1891 im technischen Teil meines Berufes aus. Am 1. Oktober trat ich zur Ableistung meiner Militärdienstpflicht beim 1. Thür. Inf. Regt. Nr. 31 in Altona als Einjährig-Freiwilliger ein und wurde am 1. Oktober 1892 mit dem Befähigungszeugnis zum Reserveofficiersaspiranten entlassen. Die weiter vorgeschriebenen beiden 8-wöchentlichen Uebungen leistete ich beim Anh. Inf. Regt. Nr. 93 in Dessau in den Jahren 1893 und 1895 mit Erfolg ab und werde jetzt in den Listen des Bezirkskommandos zu Bernburg (Anhalt), dem ich zugeteilt bin, als Vicefeldwebel der Reserve und Officiersaspirant geführt.

Vom Wintersemester 1892/93 bis zum Sommersemester 1894 studierte ich in Leipzig Zahnheilkunde.

Im Wintersemester 1894/95 unterzog ich mich in Leipzig der zahnärztlichen Staatsprüfung, welche ich mit dem Prädikat „Sehr gut" bestand. Gleichzeitig blieb ich weiter immatrikuliert, um meine Studien noch weiter fortsetzen zu können.

Im Herbst 1895 nahm ich eine Stelle als Assistent am zahnärztlichen Institut der Universität Leipzig an. Während des Wintersemesters 1895/96 bis zum Wintersemester 1896/97 hörte ich naturwissenschaftliche Kollegien und arbeitete im zoologisch-zootom. Labaratorium des Herrn Geh. Rat Leuckart.

Im Herbst 1896 gab ich die bis dahin innegehabte Stelle als Assistent am zahnärztlichen Institut der Universität Leipzig auf, um mich ganz meinen naturwissenschaftlichen Studien widmen zu können.

Während meiner Studienzeit hörte ich die Vorlesungen und Curse folgender Herren Professoren und Docenten: v. Frey, Held, Hesse, His, Karg, Leuckart, weil. Ludwig, Pfeffer, Romberg, weil. B. Schmidt, Spalteholz, Wiedemann.

Allen genannten Herren, meinen hochverehrten Lehrern, möchte ich an dieser Stelle meinen aufrichtigsten und herzlichsten Dank aussprechen.